아, 일상 퀘스트를
진행 중입니다

아, 일상 퀘스트를 진행 중입니다

초 판 1쇄 2023년 10월 06일

지은이 노승희
펴낸이 류종렬

펴낸곳 미다스북스
본부장 임종익
편집장 이다경
책임진행 김가영, 신은서, 박유진, 윤가희, 윤서영, 이예나

등록 2001년 3월 21일 제2001-000040호
주소 서울시 마포구 양화로 133 서교타워 711호
전화 02) 322-7802~3
팩스 02) 6007-1845
블로그 http://blog.naver.com/midasbooks
전자주소 midasbooks@hanmail.net
페이스북 https://www.facebook.com/midasbooks425
인스타그램 https://www.instagram.com/midasbooks

ISBN 979-11-6910-343-5 03810

값 **17,000원**

미다스북스는 다음세대에게 필요한 지혜와 교양을 생각합니다.

겁먹을 필요 하나 없는 일상 에피소드

아, 일상 퀘스트를
진행 중입니다

노승희 지음

미다스북스

일상 퀘스트를 진행 중입니다

제목 하나로
일상은
특별해진다

도서관을 채운 수많은 책 가운데 '내 이름으로 된 책이 하나 있으면 좋겠네,' 하는 막연한 꿈을 가졌던 스무 살이었다. '어떤 책을 쓸까?' 하는 고민보다, '그 거창한 걸 과연 내가 할 수 있을까?' 하는 걱정을 하다 시간이 흘렀다. 벌써 7권 째, 매일매일을 다이어리에 적고 있었음에도 책은 별개의 문제라고 생각했다.

또다시 신년 다이어리의 주문을 앞두고 있던 때였다. 손으로 직접 쓰지 않아도, 곳곳에 사진을 넣었음에도 깔끔한 글이 한 편 완성되는 블로그의 매력을 알게 되었다. 내년 다이어리의 주문을 포기했고 그렇게 본

격적으로 블로그에 일기를 쓰기 시작했다. 공개된 형태였지만 누가 보는 것을 신경 쓰진 않았다. 주로 바깥 활동을 궁금해하시는 부모님에게 '이러고 삽니다.' 하는 것을 알리는 용도였다. 나를 아는 사람들만 읽는다고 생각했던 일기장은 하나둘씩 보는 사람이 늘어났고, 어느 날부터는 자신의 이야기인 거 같다는 이들과 위로를 받았다는 사람, 자신도 비슷한 처지라고 말하는 누군가의 말이 댓글을 통해 보이고 있었다.

내 하루를 기록한다는 것, 그걸 읽어주는 사람이 있다는 것, 나아가 상대의 이야기를 들을 수 있다는 것. 그것만으로도 충분히 용기를 얻는 기분이었다. 글로써 마음을 위로할 수 있다면 그 일이 하고 싶었다. 느닷없이 잊고 살던 지난날의 바람이 불쑥 튀어나왔다. 유명한 사람이 책을 쓰는 게 아니라, 책을 써서 유명해지면 되는 거라고 했다. 무슨 책을 쓸 것인가에 대한 고민이 막막함으로 다가올 때쯤 '너는 살면서 생기는 이상한 일들만 모아도 책 한 권은 나오겠다.' 하던 친구들의 말이 시발점이 됐다.

어린 시절, 그림일기로부터 시작된 우리의 글쓰기는 마땅한 제목을 붙이는 게 어려워 한참을 망설이고 고민하는 일이곤 했다. 상단에 위치해 있기에 그 칸을 채워야지만 다음으로 넘어갈 수 있다고 여겼다. 제목이 갖는 힘인지, 시작에 대한 두려움인지. 해가 지나도 일기는 늘 '어떻게 써야 하나' 싶은 생각이 드는 일이었다. 일단 제목 없이 짧은 메모처럼 툭 툭, 그렇게 하루를 적어보기로 했다. 제목을 쓰고 내용을 쓰나, 내용을 쓰고 제목을 쓰나 결과만 놓고 보면 같은 일이지만 마음에서 얼마나 큰 부담감이 덜어졌는지를 느낄 수 있다.

'행복해서 웃는 게 아니라 웃어서 행복한 겁니다.' 하는 말처럼 평범하다고만 생각되는 일상기록에 제목을 달아주면 나만의 인생 에피소드 한 편이 완성된다. 책엔 자신의 이야기를 적어보고 이에 제목을 달아볼 수 있도록 하는 페이지가 마련되어 있다. '왜 이러지?' 싶을 만큼 유독 잘 풀리는 하루가 있는 반면, '무슨 일인가?' 할 정도로 어렵게 느껴지는 날이 있다. 그럴 땐 괴로운 생각에 빠지기보단 '오늘 인생 경험치 많이 얻을 건가 봐. 난이도가 좀 있네.' 하며 곧 이 퀘스트가 끝날 거라 믿으면 된다. 힘듦이 연속선상에 있는 게 아니라, 이 순간일 뿐이라고 느끼면 '완료'로 향해가는 힘이 마음속에서 조금 더 강하게 일렁일 것이다.

별거 아닌 일상에 그럴듯한 제목을 붙여본 이 이야기들처럼, 당신의 일상에도 의미 있는 제목이 달리기를, 그리고 그 이야기들이 세상에 나와 위로와 용기가 되어주기를 바란다.

3

메인 퀘스트

회복탄력성을 강화하다 <역시, 세상에 쉬운 건 없지만 잘 될 거예요>

4

돌발 퀘스트

마음 균형 카드를 사용하다 <일단, 다 사정이 있을 거라고 생각할게요>

길을 따라
어디로
가야 할까?

1

입문
퀘스트

일상 경험치를 획득하다

〈아니, 인생까진 모르겠고 우선 해볼게요〉

나만의 보물을
쌓아가는 법

인문대에 다니는 동생의 대학 등록금에 비해 예 · 체대라는 이름으로 두 배나 되는 돈을 내야 했던 나의 대학 생활은 덕분에 '시간은 정말 돈'이라는 생각으로 나태해지지 않을 수 있었다. 꿈꾸던 대학은 아니었지만 학교가 제공하는 최대한의 것들을 누리기 위해 애를 썼다. 장학금, 지원금, 우선 선발. 대부분이 경쟁에서 이겨야만 얻을 수 있는 것이었다면 학교 도서관은 치열하게 싸우지 않아도 언제나 한적하게 이용할 수 있었고 가득한 책장을 보는 것만으로도 행복의 가치가 무엇인지를 알려주는 듯했다. 늘 앞서나가야 했고 완벽해 보이기 위해 애쓰던 심리적 압박감을 잠시나마 내려놓을 수 있는 유일한 휴식처였다.

방대한 양의 책들 가운데 아무도 펴보지 않은 새 책을 찾아 읽는 것이 내가 학교라는 공간에서 즐길 수 있는 최고의 즐거움이었다. 학과 수업 외에도 건축이 좋다며 느닷없이 덤벼들었던 공대 수업, 무료 과외였지만 최고의 교수님들과 함께했던 미술사와 독일어 스터디, 실무 경험이 많은 선배들에게 배우던 영상동아리 활동까지, 여러 분야에 걸쳐 호기심을 보인 탓에 나의 대학 생활은 마치 고등학교 야간자율학습의 연장선인 듯 아침 5시에 일어나 저녁 11시까지 빈틈없이 돌아갔다. 촘촘히 짜인 시간표에서 다음 강의실로 이동하는 데 쓸 수 있는 시간은 10분 남짓이었다. 동시에 끼니를 해결해야 했기에 매일 아침, 셔틀버스에서 내리면 나는 곧장 편의점으로 들어가 삼각김밥 두 개를 샀다. 밥알을 욱여넣듯 해도 굶는 건 아니니 다행이라 여겼다. 이리저리 캠퍼스를 옮겨 다니는 모습에 사람들은 '넌 48시간을 가지고 사는 사람 같아.'라고 이야기하곤 했다. 어느 날은 문득 그런 생각이 들었다.

"사람은 왜 매일 잠을 자야 할까? 이틀에 한 번만 자면 안 되나?"
"해봐. 해보고 후기를 들려줘."
"궁금해서 해봤는데 안 되겠더라고. 일주일만 해보려고 했는데 7일째 되는 날 20시간을 잤어. 너무 미동이 없어서 엄마가 죽은 줄 알았대."

'잠은 죽어서도 자는데, 지금은 더 열심히 살아야지.' 하는 강박과 완벽

주의 성향이 심했던 그런 20대를 보냈다. 나는 자퇴를 말려주셨던 학과장 교수님 덕분에 무사히 졸업이란 관문을 통과할 수 있었다. 교수님은 종종 '나는 교수가 아니라 선생이고 싶다. 선생이란 말이 더 정감 있고 좋지 않냐?' 하시며 친근한 모습으로 학생들에게 다가와 주셨다. 차분하면서도 또렷한 교수님의 목소리는 어렵게만 느껴지는 동양철학 강의를 비교적 쉽게, 또 집중해서 이해할 수 있게 했다. 아직 고등학생티를 다 벗지 못한 갓 스무 살이 된 아이들에게 어른이 된다는 것이 무엇인지 선자들의 설화를 통해 그 의미를 전해주시곤 했다.

그날은 '하루'라는 시간에 대해 이야기가 나온 날이었다. 교수님은 '시간을 효율적으로 쓰는 것만큼이나 중요한 건, 스치듯이 지나가는 생각들을 기록하는 것.'이라며 메모의 중요성을 강조하셨다.

"우리는 하루 동안 떠오르는 생각이나 아이디어를 그냥 흘려보내곤 한다. 거기엔 의미 있는 것들이 꽤 많음에도 기록하지 않아 사라져 버리는 것들이 너무 많아. 짧게라도 적어두고 아이디어가 필요할 때 수첩을 꺼내서 읽어봐라. 그게 너희들의 자산이고 보물이 되는 거야. 자산이라는 게 꼭 거대하고 대단한 게 아니다. 곁에 있는데 못 알아보는 거야."

교수님은 재킷 안주머니에 짧은 펜과 손바닥만 한 수첩 하나를 꼭 지니고 다니셨다. 언제든 메모해야 할 상황이 생기면 자연스럽게 재킷으로 손을 옮기셨다.

"지금 당장 주머니에서 펜과 수첩을 꺼내 들 수 있는 사람이 몇 명이나 되나 손을 들어봐라."

그럴 때면 학생들은 휴대폰 메모장을 켜 보이며 '여기에 적습니다. 교수님.' 하고 손을 흔들어 보이곤 했다. 생각해 보면 어릴 때부터 독서와 메모의 중요성을 유독 강조하는 은사님이 늘 내 곁에 계셨다. '책을 많이 읽어라.', '적어서 네 것으로 만들어라.' 하는 말을 '밥 먹어.'라는 말처럼 수시로 들어왔다. 지금도 나는 가방마다 작은 메모지와 펜을 넣어놓는 습관이 있다. 이유는 모른다. 단지 '넣어두면 언제라도 쓰이겠지.', '그냥 그래야 할 것 같으니까.' 하는 생각이다. 그렇게 해야지만 외출준비가 된 것 같아 마음이 편해진다.

"직접 해보는 게 다가 아니야. 책은 간접적으로 어떤 것이든 배울 수 있게 해 주거든. 그것이 전문지식이 됐든 타인의 삶이 됐든, 하물며 여행이나 요리처럼 방법이 됐든 말이야. 그래서 독서가 중요한 거야."

기자가 되고 싶다는 말 한마디에 담임교사가 아님에도 고등학교 3년

아, 일상 퀘스트를 진행 중입니다

내내 읽는 것만큼이나 쓰는 것의 중요성을 가르쳐 주셨던 국어 선생님이셨다. 책을 읽다 보면 어느새 나는 낯선 나라 인도를 여행 중인 여행자가 되었고 때론 우주를 연구하는 과학자가, 또 어느 날은 체질에 맞는 음식을 찾아주는 영양코치가 되어 있었다. 책이란 건 내가 자라오는 동안 늘 곁에 있었고, 다양한 세상을 보여주던 매개체였다. 물론 처음부터 좋아했던 건 아니다. 나에게 독서란 완결이 난 만화책 30권을 한 번에 빌려다 읽는 것과 심장을 뛰게 하는 주인공의 대사를 다이어리에 적어 보는 것이 전부였다.

"괜찮아, 만화책도 책이니까 열심히 읽어."

수십 권의 만화책을 다 읽을 때까지 뒤척임 한 번 보이지 않는 내게 엄마는 별일 아니라는 반응을 보였다. '책 읽어라.', '메모해라.', '꺼내봐라.' 지난 20여 년간 입이 닳도록 강조하신 은사님들 덕분에 지금도 누군가 취미를 물을 땐 '도서관 가기요.'라는 답을 한다. 새로운 분야의 책을 읽을 때면 나는 더 넓은 세상을 접하고, 많은 정보를 배우는 특별한 사람이 된다.

전처럼 치열하게 경쟁하거나, 완벽해야 한다는 강박에 갇혀 있지 않음에도 도서관은 여전히 새롭고 편안한 공간이 되어준다. 문득 짧은 문장이 떠오를 땐 재빨리 가방 속 수첩을 꺼내 펼쳐지는 어디에나 메모를 쓰곤 했다. 이제는 수첩을 꺼내기보단 휴대폰 메모장을 켜는 것이 더 익숙하지만, 이따금씩 저장되지 않은 듯 아무런 흔적이 없을 때면 '역시 아날로그가 최고네.' 하며 교수님을 떠올리곤 한다. 그럼에도 '나만의 보물'이라 여기며 오늘도 떠오르는 문장, 감정, 비현실적인 상상을 글로 적어본다. '이제는 진짜 가치를 알아보는 눈을 가졌는가?' 하는 물음에 여전히 '그렇다.'라며 자신 있게 답을 하진 못한다. 다만, 긴 시간에 걸쳐 변화할 수 있게, 습관을 가질 수 있게 방향을 잡아주신 선생님들의 가르침이 당연한 것으로 자리를 잡아 이렇게 글을 쓰고 있을 뿐이다.

가치라는 건 꼭 '돈이 되는 것'이나 '효용성을 가진 것'이 아니다. 거창할 필요가 전혀 없다. 내가 가진 고유한 자산이 될 수 있도록 스스로가 가치를 부여하면 된다. 그렇게 의미 있는 삶을 살기보다는 평범하지만 삶에 의미를 달아줄 수 있는 지금을 살고 있다.

걱정과 고민으로 망설이는 이들에게 전하고 싶다.
다음번엔 당신의 기록을 통해 또 다른 세상을 배우고 싶다고 말이다.

마음먹기에
달렸다

"이제 성인이니까 정신 똑바로 차리고 살아야 해."

연습게임이 끝났다고 했다. 이젠 아무도 책임져줄 수 없는 인생의 실
전이 시작된다고 했다. 그런 이야기가 쏟아지는 세상은 두려웠지만 나는
스스로를 지켜내야 하는 스무 살이 됐다. 마음은 아직 고등학생이지만
지갑엔 교복 입은 증명사진이 들어간 주민등록증이 꽂혀 있는 성인이었
다. 성년이 됨과 동시에 용돈을 받지 않기로 했다. 학비든 용돈이든 필요
하면 직접 벌어 경제적인 것을 해결해야 했다. 다행히 집에서 나가라는
말은 없었다.

주로 방학 기간을 이용해 판촉 알바를 했다. 보통의 아르바이트보다는 보수가 제법 센 편이었다. 한두 달 동안 성실히 임하면 학기 중에는 아르바이트를 하지 않아도 앞가림은 할 만큼의 용돈을 벌 수 있었다. 대형마트에 있는 여러 상품 가운데 과자 회사의 신제품 판촉을 맡았을 때였다. 주류나 커피와는 달리 어른이나 아이 할 것 없이 누구나 시식이 가능했던 과자는 마트 내에서도 단연 인기 있는 시식 메뉴였다. 주어진 행사 기간 동안 시식이 원활하게 이뤄질 수 있도록 완급조절을 하는 것은 알바생의 몫이었다. 하지만 우르르 몰려와, 와르르 먹고 사라지는 사람들의 속도를 계산한다는 건 말처럼 쉬운 일은 아니었다. 단기 알바에 불과했지만, 매일 아침 '오늘도 일당만큼은 팔고 가야지.', '밥값은 해야지.' 하는 각오를 했다.

마트는 많은 사람이 모이다 보니 정말 별의별 사람들을 볼 수 있는 곳이었다. 잘라서 제공하는 시식에 그만큼 먹어서 맛을 어떻게 알고 사겠냐며 뜯지 말고 하나 통째로 줘보라고 화를 내는 사람, 이미 샀다며 카트에 가득 담긴 과자를 가리키며 연신 시식을 하지만 이내 카트만 두고 홀연히 사라지는 사람, 의미 없는 대화를 걸며 마냥 집어먹다가도 내가 많이 먹어서 더 안 주는 거냐며 삐딱하게 묻는 사람, 저 멀리서부터 사냥감을 향해 날아오는 새처럼 과자만 휙 낚아채거나 접시를 엎어버리고는 민망한 듯 사라지는 사람 등 방학 때만이지만 나에게 이곳은 매일 새로운 유형의 사람들을 볼 수 있는 신기한 곳이었다.

이런 사람들과는 달리 행동이나 목소리가 크지 않음에도 유독 눈에 띄던 사람들이 있다. 바로 노인들이다. 차림새가 말끔한 노인부터, 누가 봐도 위생관리가 전혀 되지 않는 노인까지 말동무가 필요하거나 사람이 그리운 이들이 이곳으로 모였다. '이 아침부터 왜 사랑방에 모이듯 마트에 오는 걸까?' 하는 의문이 들곤 했다.

"출출하니까 과자 하나 줘봐. 자른 거 말고, 그거 안 깐 거, 큰 거 하나 줘봐."
"안 자르면 시식이 모자라서 안 돼요. 다른 분들도 맛보고 사셔야죠."
"어차피 자르고 여기 놓나, 안 자르고 놓나 내가 다 먹을 건데 괜히 부스러기 만들지 말고 그냥 하나 줘."

만족할 만큼의 과자를 먹을 때까지, 시간에 구애받거나 눈치 보지 않고, 시식대 앞에서 마냥 배를 채우던 노인들이었다. 하나를 주고 나면 또 하나를 요구하는 고집, 하루로 그치는 것이 아니라 다음날도, 또 다음날도, 그리고 다시 그다음 주말에도 어김없이 나타나 똑같은 말을 반복했다. 시음용 믹스커피 한 잔을 다 비우도록 자리를 뜨지 않는 모습에 진상이라며 고개를 저었다.

때론 '오늘은 아침 6시부터 눈이 떠졌어.', '바깥바람이 쐬고 싶어서 노인정에 갔다가 이 이를 만났어.', '하이타이가 다 떨어져서 하나 사가야 하는데 무거워서 못 들고 가겠지?', '이 과자 어제 먹어보니까 맛있어서 또 먹으러 왔어.' 등 당신끼리 이야기를 나누는지, 내게 말을 거는 건지 모를 대화가 앞에서 오가곤 했다. 사람이 몰리는 시간에 자리를 차지하고 있을 때면 속이 부글부글 끓었다. 시식이 아니라 판매를 해야 하는데 내 일을 방해한다고 생각했다. 7주 정도의 시간 동안, 노인들은 정말 하루도 빠짐없이 마트에 왔고, 묻지도 않은 자신의 안부를 전했다.

"아가씨, 오늘은 왜 과자 없어?"
"아직 시식이 도착을 안 해서 오늘은 정리만 하고 있어요."

방학이 거의 끝나갈 무렵, 나의 판촉 알바도 점점 끝을 향해가고 있었다. '이번 주면 끝이네.' 하는 후련함과 괜한 아쉬움, 그리고 나도 모르는 사이 물이 들어버린 그들의 빈자리가 남아 있었다. 어김없이 매일 같은 시간에 마트 문을 열던 노인들의 얼굴이 익숙해지고, 무슨 말을 내게 건넬지, 오늘은 어디를 다녀왔는지, 행동 패턴이 눈에 들어올 때쯤이었다. 아침마다 과자 코너를 돌며 말을 걸던 말끔한 차림새의 할머니가 지난주부터 보이지 않는다는 생각이 들었다.

"무슨 일 있나? 맨날 칼같이 오던 양반이 왜 안 오셔? 지난주부터 계속

안 보이시네? 건강이 안 좋아지셨나? 설마?"

별생각을 다 하다가도 어느 날, 아무렇지 않게 나타날 때면 그게 그렇게 반가울 수가 없었다. 지금 당장, 나에게 도움이 되지 않는 사람이라고 해서 귀찮게 여기고 등한시했던 사람이었다. 매일 같이 오늘 뭐 했고, 누굴 만났고, 어딜 다녀왔고 하는 말을 들으며 익숙함은 친숙함이 됐던 걸까? 얼굴 말고는 이름도, 나이도, 그 어떤 것도 알지 못하는 누군가였음에도 내 마음이 참 간사하고 가벼워 보였다. 진상 같고 얄미웠던 이름 모를 노인네의 등장이 이렇게 반갑고 감사할 줄이야.

"어르신, 한동안 안 오셨어? 다른 분들 열심히 마트 돌면서 운동했는데 어르신은 통 안 보이시대?"
"응, 아들네 집, 거기 갔다 왔어. 이거 조끼 사줬어. 아주 보들보들해."

이곳에서 보내기로 1시간이 끝나갈 무렵에서야 나는 그간 표현하지 못하고 속으로만 빌었던 그 마음을 전할 수 있었다.

"어르신, 나 이제 안 와. 알바 끝났어. 계속 마트 오셔서 돌아다니고 글자 읽고 하면서 운동하셔. 건강만 하셔. 그게 최고야."
"왜 안 와, 그럼 이제 과자 못 얻어먹어?"

"나 학교 가야지. 과자는 아마 계속 있을 거야. 걱정하지 말고 오셔서 열심히 드셔."

그렇게 다음 학기가 끝나고 방학이 찾아왔다. 다시 시작한 마트 알바에서 익숙한 그들과 마주했을 때, 우리 모두는 두 손을 맞잡고 인사를 나눴다.

"오랜만에 뵙네, 어르신. 잘 지내셨어? 방학이라 다시 돈 벌러 왔어."
"아이고, 더 예뻐졌네. 젊은 게 좋다 좋아. 오늘은 뭐야? 안 자른 거 먹어보게 하나만 줘봐."
"아휴, 어르신 나 아직 개시도 못 했는데 과자부터 달라고 하시네, 정말."

변한 것은 없었다. 오직 하나,
그 상황을 받아들이는 내 마음만 바뀌었을 뿐이었다.

때론 앞서나갈 줄도
알아야 한다

'선생님'이란 단어를 들을 때면 가장 먼저 떠올리고, 그러면서도 한 번도 뵙지 못해 여전히 그리워만 하는 은사님이 있다. 초등학교 3학년 아이들을 마치 고등학교 3학년처럼 열정 다해 가르치시던 김 선생님은 유화를 전공하신 미술 선생님이었다. 우리 반은 다른 학급과는 달리 유독 하는 일이 많았다. 매주 월요일 아침이면 6명씩 모둠을 만들어 조별 회의로 한 주를 시작했다.

"너 서기 할래?"
"나 지난주에 했어, 네가 해."

"그럼 너 조장해."

"아니야, 그냥 서기할게. 조장은 발표하는 거 힘들어."

회의록이라고 쓰인 종이엔 날짜와 시간, 참여자를 적는 칸이 위쪽에 자리했고 칸을 따라 아래쪽에는 이번 주 우리가 해야 할 일, 과목과 학습 범위, 준비물을 포함해 어려운 일, 혹은 아이들이 함께 나눠야 하는 논의 사항을 적는 칸이 있었다. 이 시간은 누가 어떤 의견을 말했는지 서기의 글씨를 통해 기록되었고 용지 제일 하단엔 서기와 조장의 이름을 쓰고 서명을 하는 칸이 있었다. 조별로 나뉘어 있는 회의록은 시간이 지날수록 한 권, 두 권 늘어나 사물함 옆 책장을 빼곡히 채웠다. 선생님은 수업이 끝난 뒤 우리가 써놓은 회의록을 읽어보시며 필요한 부분에 답을 달아주셨고, 다음 날 아침이면 우리는 책장 앞에 모여 앉아 선생님이 뭐라고 써주셨는지 글을 읽어보기 바빴다.

김 선생님은 수업 방식도 참 특별했다. 선생님은 칸이 좁은 줄 노트를 하나씩 나눠주시며 이제 큰 줄의 노트 말고 이렇게 얇은 칸의 노트를 사오라고 하셨다. 우리는 가장 먼저 노트 모든 페이지에 세로로 선을 한 줄 그어 코넬 노트를 만들었다. 지금은 코넬 노트가 하나의 노트 형태로 나와 쉽게 고를 수 있지만, 당시에는 생소했던 모양의 노트였기에 새 노트를 살 때면 줄을 긋는데 꽤 시간을 쏟아야 했다. 글씨를 작게 쓰는 것조차 서툰 아이들에게 연습해야 는다며 노트 정리를 왜 해야 하는지, 어떻게 해야 하는지를 꼼꼼히 알려주시던 김 선생님은 칸에서 글씨가 벗어나지 않도록 글자 쓰는 일을 매일 같이 연습시키셨다.

"쉬는 시간 틈틈이 가지고 있는 노트에 선을 미리 다 그어 놓으세요. 그냥 찍 긋지 말고, 자 대고 반듯하게 그으세요. 알겠죠잉?"
"교과서에 단원 번호 보이죠? 아래 학습 주제도 보이죠? 이걸 똑같이 따라 적어요. 큰 칸 아니고 맨 앞에 작은 칸에 적는 겁니다잉."

선생님은 교육에 있어서는 엄격하셨다. 집중력 낮은 10살 아이들이 지레 겁먹거나 몇 번 해보고 '못 해요.', '못 하겠어요.'라고 말해도 단호하게 '아직 안 해봤잖아요. 일단 해보세요.', '따라 써보세요.' 하며 연습, 또 연습을 시키시는 분이었다. 학부모들 사이에서도 선생님의 교육방식과 수준은 입소문이 날 정도였다. 어떻게 초등학교 3학년 아이들을 상대로 그렇게 수준 높은 교육을 하셨을까? 10년이나 앞서간 선생님의 교육방식은 지금도 내게 미스터리로 남아 있다. 10살에 배운 회의 진행 방식과 회의록 작성법, 효과 높은 노트 정리법을 20살이 되어서도, 직장생활을 하면서도 유용하게 활용한다면 누가 믿겠는가. 하지만 사실이었다.

김 선생님은 수업이 끝나고 나면 교실에 남아 이젤을 세우고 큰 캔버스를 올려 풍경화를 그리곤 하셨다. 하나둘 색이 채워지던 새하얀 캔버스는 다음 날 아침이면 어제 봤던 그림에서 조금 더 모양을 갖춘 채 사물함 위에 세워져 있었다. 마르는 시간이 오래 걸리는 유화의 특성을 설명해주시며 '이 물감은 물로는 절대 지워지지 않으니 가까이 가지 마라.' 하시던 선생님이셨다. 그럼에도 강물에 띄워진 배를 만져보다 물감이 묻은 녀석, 해바라기 그림을 주먹으로 때리며 '해바라기씨!'를 외치던 녀석, 저녁노을이 반사된 강가의 물결을 문지르며 '이건 나도 할 수 있지.' 하며 흉내를 내던 녀석이었지만, 선생님은 단 한 번도 망가진 그림으로 인해 화를 내신 적이 없다.

"아이고, 인마. 그거 만지면 묻는다고 했죠잉?"
"선생님, 이거 옷에도 묻었는데요?"

반에서 제일 개구쟁이였던 세 녀석의 손에 유화물감이 한 번씩 묻고, 지우느냐고 한바탕 씨름을 하고 난 뒤에야 선생님의 그림은 아이들의 호기심으로부터 자유로워질 수 있었다. 어느 날 교실에 남아 캔버스를 구경하던 우리에게 선생님은 그림을 배우고 싶은지를 물어보셨다. 당시만 해도 장래희망이 화가였던 나는, 선생님에게 직접 그림을 배울 수 있다는 게 큰 기쁨으로 여겨졌다. 지금도 당시를 회상하면 마음이 짜릿해져 온다.

열 명 남짓의 아이들은 선 긋기 연습을 시작으로 도형을 그리고, 사물에 음영을 넣고, 두세 가지 겹친 사물을 그리며 모양을 완성하는데 이르렀다. 그림의 매력에 빠져 있는 동안 시간은 흘렀고 어느덧 4학년이 된 나는 선생님과 이별을 해야만 했다. 다음 해의 기억을 묻는다면, 나는 그림을 그리는 기계가 된 듯 '상 받을 수 있는 그림을 그려야지!'라고 호통치는 담임교사의 폭언에 그림을 포기하게 된 것 말고는 아무것도 떠오르는 게 없다.

콕 집어 10살의 기억은 언제 떠올려도 그 공간의 분위기, 4B연필이 풍기는 특유의 향, 따뜻하게 들어오는 방과 후의 햇살까지도 떠올릴 수 있을 정도인데 말이다. 값을 따질 수 없을 만큼 감사하고 귀한 날로 남아있는 추억이지만 선생님이 어느 학교로 가신 건지는 도무지 알 길이 없었다. 살면서 문득문득 떠오르는 김 선생님에 대한 그리움과 감사함에 이따금씩 교육청 사이트에서 선생님의 존함을 검색해 보았지만, 선생님을 찾을 순 없었다.

치맛바람 강한 초등학교. 학부모들의 등쌀에도 '교사를 믿지 못해 하지 마라, 시키지 마라 이야기하실 거면 데려가서서 집에서 직접 교육하시면 됩니다.' 하시던 선생님의 카리스마였다. 우리 엄마를 포함해 당시 '학교 좀 자주 온다' 하는 학부모들 사이에서 김 선생님은 '명문대 교육자 집안이라 아쉬운 거 없고, 그래서 할 말은 하는 기 센 여자 선생'이었지만, 1년이란 시간 동안 함께 한 우리가 느끼기엔 늘 뒤처지는 아이가 없도록, 쉽게 포기하지 않도록, 서로 돕고 도움받으며 반 전체가 나아갈 수 있게 무심한 듯 챙겨주는 따뜻한 스승이셨다. 20여 년이 흐른 지금도 사투리 섞인 선생님의 목소리와 단발머리, 그 눈빛이 떠오른다.

우리가 가진 기억에는 별도의 삭제 기한이 정해져 있지 않다. 오래된 기억이라고 해서 가장 먼저 사라지는 것도 아니고, 가장 최근 기억이라고 해서 쉽게 떠올려지는 것도 아니다. 애써 잊으려 노력하지 않아도 어느 순간 잊힐 수 있고, 떠올리려 애쓰지 않아도 자꾸만 눈앞에 아른거릴 수 있다. 매 순간 행복했던 기억만 간직할 순 없겠지만, 좋은 추억과 함께 영원토록 살아갈 순 없겠지만, 아직 그날의 공기마저도 기억하고 있는 나는 이 기억이 더 옅어지기 전에 이렇게나마 짜릿했던 그날의 전율을 글로 남겨본다.

진심으로 보고 싶어요.
보고 싶어요. 김 선생님.

같은 목표를 가진
사람들

가상현실과 증강현실. 그런 말은 잘 모르겠지만 적절하게 조화시켜 만든 것이 혼합현실이라고 했다. 요즘엔 메타버스로 불리는 가상세계가 사회, 문화 등의 요소까지 더해 현실의 한계를 뛰어넘을 것이라고 하니 어떤 미래가 찾아올지가 매우 흥미로웠다.

그런 증강현실을 이용한 게임이었던 '포켓몬 고'가 일본에서 서비스를 시작했던 2016년. 당시 한국에는 정식 서비스가 지원되지 않을 때라 국내에서는 해당 게임을 해보는 것이 불가한 시기였다. 그런데 어찌 된 영문인지 일본에서만 나타나야 하는 게임 속 포켓몬들이 속초에서 발견된다는 입소문이 퍼지기 시작했다. 느닷없이 속초로 몰린 사람들로 인해 휴가를 나왔다가 부대로 복귀하는 국군장병들이 고속버스 표가 없어 난처한 상황에 처했다는 얘기가 나올 정도였다. 증강현실이라는 소재나 이를 활용한 게임이 생소했기에 속초는 '포켓몬 고의 성지'라고 불릴 정도로 한동안 높은 인기를 누렸다. 동시에 속초에 직접 가지 않아도 GPS를 조작하면 게임을 즐길 수 있다고 하는 방법들이 인터넷에 공유되고 있었다.

궁금하긴 했지만, 속초까지 갈 열정은 없었다. 곧 한국에서도 포켓몬 고를 즐길 수 있도록 정식 서비스가 지원되기 시작됐다. 나이를 불문하고 대부분의 사람들이 휴대폰 액정에 손가락을 대고 빙글빙글 돌리는 모습을 보였다. 여기저기서 '잡았다.' 하는 환호가 튀어나왔다. 내비게이션처럼 내 위치가 화면에 그대로 보인다는 것, 움직임을 통해 새로운 것들이 등장한다는 것, 저기 보이는 간판이나 상호가 게임 속에서 나타나고 있다는 것은 무척이나 신기한 일이었다. 처음엔 재미가 더해진 걷기운동이라는 생각으로 가볍게 집 주변을 돌아다니곤 했다. 재미 삼아, 운동 삼아 꾸준히 하다 보니 어릴 적에 보던 익숙한 이름의 포켓몬들이 도감이라는 페이지에 하나둘씩 쌓이기 시작했다. 길게 늘어진 빈칸에 나머지도 마저 채우고 싶다는 열정이 생겨났다.

"와! 망나뇽 떴어! 아, 어떡해. 놓칠 거 같아. 아 놓쳤어!"

"잡았다!"

갑자기 등장하는 포켓몬과의 대결은 모든 사람에게 긴장을 불러일으키는 일이었다. 출현 빈도가 높지 않은 희귀 포켓몬일수록 사람들은 신중을 더했다. 나 역시 마찬가지였다. 즐거움과 아쉬움이 가득한 목소리가 거리 곳곳에서 튀어나왔다. 수원시청 근처에 있는 효원공원은 '일대에서 단시간에 효율적으로', '볼을 가장 많이 얻을 수 있는 성지'로 알려져 있었다. 출근 전 공원에 들러 2시간씩, 아침잠이 달아난 할아버지들과 함께 돌아다니며 휴대폰 속으로 보이는 포탈을 돌려 볼을 줍다 출근을 했다. 퇴근 후 저녁 시간이면 나는 또다시 공원에 들러 저녁 산책을 하듯 어슬렁어슬렁 시간을 보냈다. 이 시간엔 아이들과 함께 나온 가족들이 대부분이었다. 화면에 뜬 서로 다른 포켓몬에도 잡을 수 있다며 응원했다. 그렇게 여름이 지나고 겨울이 찾아왔음에도 나의 볼 줍기는 여전히 이어지고 있었다. 추위에 질색하는 편임에도 터치가 되는 스마트폰 장갑을 하나 사서는 매일 같이, 목도리를 칭칭 두르고는 공원으로 먼저 출근을 했다.

"저녁에 뭐 해? 퇴근하고 한잔할까?"
"나 공 주우러 가! 망나뇽 잡으려면 잔뜩 모아놔야지."

주중에 한껏 모아놓은 볼을 가지고 주말이면 전설의 포켓몬이 나온다는 장소를 찾아 떠났다. 목적은 오로지 희귀한 포켓몬을 잡아 도감을 채우는 것이었다. 만화 속 여행자인 지우나 로켓단이 된 것처럼 여정을 떠나는 게 하나의 설렘으로 다가왔다. 물이 있는 곳엔 물 포켓몬이, 산 지형엔 돌, 나무 등의 포켓몬이 주로 등장하는 섬세함에 사람들의 몰입감은 깊어져갔다.

'월미도에는 갸라도스가 나옵니다.'
'수원천에는 라프라스가 나옵니다.'

커뮤니티에 공유되는 사진과 후기들은 나를 솔깃하게 했다. 지금 생각해보면 '전설의 포켓몬이 뭐라고 그렇게까지….'라는 생각이 들지만, 당시 나는 주말 아침만을 기다리며 혼자 인천으로, 안산으로, 버스가 이끄는 대로 마냥 길을 누비고 다녔다. 커뮤니티 소식들과는 달리 이렇다 할 수확을 얻은 적은 없다. 전설의 포켓몬은 그 이름처럼 쉽게 볼 수 없는 존재로 남았다. 아쉬웠지만 '날이 아닌가 보다.' 하고 근처 공원을 돌아다니며 나만의 여정을 떠난 지도 어느새 1년이 흘렀다.

"아니, 포켓몬 고를 아직도 해?"
"재미있는 유산소 운동한다고 생각하는 거지 뭐."

'피카츄, 라이츄, 파이리, 꼬부기.' 하는 노래를 따라 부르며 자란 어릴 적 기억 속 포켓몬이 참 반가웠다. 하지만 시간이 조금 흐르고 나니 거리에는 하나둘씩, 다음 세대라는 낯선 모습의 캐릭터들이 포켓몬이라며 등장을 하고 있었다. 초반엔 생김새나 움직임이 특이해 관심을 가졌지만, 곧 내가 알던 포켓몬이 아니라는 생각에 이질감이 들기 시작했다. 재미까지 더해진 운동이라는 생각에 추위에도 굴하지 않고 밖을 돌아다녔던 지난 시간이 무색할 만큼, 나의 흥미는 순식간에 바닥을 보였다. 점점 밖을 돌아다니는 시간이 줄어들었고 게임을 켜는 빈도수가 잦아들기 시작했다. 그렇게 열심히 하던 볼 줍기였는데 왜 갑자기 열정이 확 식었을까? 당장 게임을 삭제해도 아쉽지 않을 정도였다. 곧 얼마 지나지 않아 휴대폰에서 앱을 지우게 됐다.

　TV 속에서만 보던 포켓몬들이 세상으로 나와 친구가 되고, 전설을 찾아 나서는 길에 함께했다. 만화 속 이야기처럼 여정에서 만난 진정한 친구는 없었지만 그럼에도 얻은 것은 있었다.

어떤 날씨에도 굴하지 않고 1년 동안 매일 10km씩.
꾸준히 걷기 운동을 실천한 사람이 되었다는 사실이다.

행복하다면
그걸로 됐다

꽤 오랜 시간 동안 한 아이돌 가수를 좋아해 왔다. 인생의 절반이 더 넘는 시간을 아무 대가 없이, 오로지 내 마음이 좋다는 이유 하나만으로 응원했다. '여러분의 인생을 책임져 주지는 않지만, 그럼에도 좋아하는 것은 우리를 무너지지 않게 해 준다.'는 그 말이 참 든든했다. 그런 나의 팬클럽 활동에 주위에서는 '멍청한 짓' 혹은 '연예인을 쫓아다니는 쓸데없는 일'이라며 구박을 늘어놓았지만 정작 집에서는 취미생활 중 하나로써 나를 존중을 해주고 있었다.

"가수 좋아하는 것도 다 한때야. 학생 때나 하지, 나중엔 하라 그래도 안 해."

"아니야 엄마. 나는 20살, 30살, 죽을 때까지도 좋아할 거야. 무덤에
다 가져갈 거야."

어린 날의 나는 그랬다. 무대 위 빛나는 스타와 관객의 관계는 한쪽에
서 일방적으로 응원을 쏟아붓는 사이였지만, 그럼에도 공연 한 번에, 짧
은 인사 한 번에 되레 힘을 얻는 건 나라고 생각했다. 학창 시절엔 단순
히 보이는 모습이 멋있어서 좋아했고, 성인이 되면서는 엔터테인먼트 분
야에서 함께 일하며 성장할 수 있는 사람이 될 수 있다는 게 좋았다. 팬
과 가수로써의 사이가 아니라 '한 사무실 한 식구'를 그리며 그것이 현실
이 될 수 있도록 시간과 노력을 쏟았다. 세상에서 제일 믿음직한 사람들
과 함께한다고 생각했기에 막연한 도전에도 두려운 것이 없었다.

참 긴긴 시간 동안 나는 내가 좋아하는 가수를 '반짝이는 별'이라고 표
현 했다. 비록 저 멀리 위치해 있지만, 그럼에도 바라볼 때가 가장 예쁜
밤하늘의 별이었다. 그 빛을 지켜주기 위해 '팬'이라는 이름 아래 모인 사
람들은 오늘 처음 본 사이였음에도 누구보다 서로의 마음을 잘 알고 있
는 든든한 친구였다. 아이돌 가수의 수명은 7년이라고 하지만 이미 산전
수전을 다 겪고도 '20년 넘게 활동하고 있는 아이돌'이라는 타이틀은 마
치 나의 커리어인 것처럼 커다란 자부심이 되어주었다. 우리에겐 끝이란

건 없다며 늘 영원을 약속했다.

　하지만 결국, 시간 앞에 변치 않는 건 없다는 것을 깨닫는 순간이 찾아왔다. 조용했던 근황을 일순간에 깨버리는 자극적인 기사 제목이 쏟아졌고, 곧 주변 사람들은 내게 링크를 보내오며 이게 무슨 일이냐고 물어왔다. 사람들의 입방아에 오르내리는 게 처음 있는 일은 아니었지만 '20살 청춘도 아닌데 아직도?' 하는 마음이 가장 먼저 떠올랐다. 머리를 한 대 얻어맞은 것 같았고 곧 씁쓸함이 뒤를 이었다. 마음 다해 응원했던 순수함이 처참하게 짓밟힌 것만 같았다.

　어릴 적엔 '그래도, 그래도!'라며 그 순간을 은근슬쩍 넘기려는 미숙한 인간이었다. 잘잘못을 따지기보단, 무대 위에 다시 설 수 있도록 나의 별을 지켜내는 것이 먼저였다. 하지만 이젠 아니었다. 문제의 잘못을 판단하고 행동하고, 또 책임질 줄 아는 어른이 됐다. 모든 것이 하루아침에 뒤바뀌기 시작했다.

　"같은 소속사에서 일하는 엔터 직원 꿈꾼 덕에 초등학교 때부터 포토샵도 하고 영상편집도 하고, 사진 찍고 글도 쓰고. 별거 다 해보게 해서 지금 이렇게 홍보 일하며 살고 있긴 한데, 여전히 믿고 응원하는 사람한테 이러는 건 아니지. 이건 진짜 아니지."

더 이상 편을 들 수 없었다. 그러고 싶지 않았다. 무덤까지 가져가자 여겼던 지난 추억들을 정리하기 시작했다. 좋아하는 것이 무너졌으니 이젠 내가 나를 지켜야 하는 순간이었다. 별을 지키기 위해 애쓰던 지난날을 내려놓고 스스로를 응원하자고 다짐했다. 내 잘못이 아닌데 왜 부끄러움과 초라함은 나의 몫이 되는 건지 화가 났다. 결코 끝나지 않을 것만 같던 팬클럽 활동이 그렇게 25년 만에 막을 내리고 있었다.

"내 덕질의 최후가 이런 모습일 거라고는 단 한 번도 생각해 본 적이 없는데 참 씁쓸하네⋯."

솔직한 내 감정을 글로 남기니 하나둘 공감하는 팬들이 자신의 이야기를 남기기 시작했다.

'지난 추억이 아까워서 여기까지 버텼어요. 어릴 때와 달라진 게 있다면 이제는 아이 둘을 키우는 엄마가 됐다는 거예요. 아이들에게 음주운전은 절대 안 된다고 가르치는데 제가 그런 사람을 좋아하고 있을 순 없는 거잖아요. 저도 이만 정리하기로 했어요.'

'조금만 더 기다리면 무대 위에서 함께하는 모습을 볼 수 있겠지 생각하며, 사람들이 한바탕 떠나갈 때도 떠나지 못하고 있었네요. 생각해 보

면 아직도 좋아하는 마음이 큰 것보다 그 시절 기억이 소중해서 그만두지 못한 이유도 있던 거 같아요.'

흔히 팬클럽 활동을 그만두는 것을 '탈덕'이라고 표현한다. 우리는 그렇게 탈덕을 시작했다. 놓쳐서는 안 될 기억이나 인연이라 여겨, 힘들어하면서도 어느 하나 놓지 못해 손에 꾹 움켜쥐고 있었다. 때론 추억은 추억으로 남겨야 한다는 것을 배웠다. 힘들어도 내 가수를 보며 힘을 얻었고, 그 웃음 한 번이면 이 모진 날씨에도, 추위에도 보답을 받는 느낌이라 참을 수 있었다. 이제는 상처 입은 내 마음을 우선 돌보기로 했다.

'이제부터라도 우리를 지켜요. 주변 환경에 휘둘리면서 상처받지 말고, 저들 잘못에 우리가 눈치 보지 않게. 진짜 나를 위한 시간을 찾을 수 있도록. 그렇게 제가, 당신이, 우리가 행복했으면 좋겠어요. 이제 진짜 꽃길만 걸어요.'

지문이 묻는 것조차 마음이 쓰여 비닐장갑을 끼고 만지던 유난이 일반, 종이, 플라스틱이라 쓰인 상자로 던져졌다. 그렇게 '세상의 종말이 아닐까.'라고 상상만 해왔던 탈덕의 순간은 생각보다 별일 없이 지나갔다. 누군가를 빛내주기 위한 일원이 아니라 스스로 빛나는 사람이 되고자 마음먹은 첫 발걸음은 생각보다 후련했고 가벼웠다. 일말의 여운이나 미련이 없었다.

  지난 시간에 대해 '내가 왜 시간 낭비를 했을까?', '아이돌이 뭐라고.'라며 원망하지 않는다. 그 시절 그때의 나는 분명 많은 위로를 얻었고 행복을 느꼈다. 그것을 인정하기로 했고, 그러면서도 지금의 나를 응원하기로 했다. 오늘도 '별'을 지키기 위해 자신에게 쏟는 마음보다 더 큰 사랑을 보내는 '별들'이 있다. 순수하게 후회 없이 사랑하는 일. 뭐가 됐든 미래를 걱정하지 말고, 지금 당신이 행복한 일을 하면 그만이라는 말을 전하고 싶다.

그건 아무나 할 수 없는,
별을 향한 진정한 반짝거림일 테니까.

마음에도 지지 않는
꽃물이 든다

어릴 적부터 할아버지 댁에서 보내는 시간이 많았던 나는 그 덕에 도시 애인 듯 시골 애인 듯, 시골에서만 할 수 있는 특별한 것들을 속속들이 알고 있는 꼬맹이였다. 초등학교 입학을 앞두고 있던 1998년, 할아버지는 당신의 큰 손녀딸 입학 선물을 해주고 싶다며 당시 유행하던 그랜드 피아노와 윈도우98 컴퓨터 가운데 갖고 싶은 것을 골라보라고 물으셨다. 뭐가 더 나은지, 갖고 싶은지는 모르겠지만 어른들이 '피아노나 컴퓨터나 가격이 만만치 않다.' 하는 이야기를 하던 게 기억이 난다. 어쩌다 두 개의 선택지가 나오게 되었는지는 모르겠지만 나는 조금 더 고민을 해보겠다며 대답을 미뤘다. 그러다 우리 집 거실 한편에는 할아버지가 사주신 컴퓨터 한 대가 자리를 잡게 됐다. 내가 갖게 된 첫 컴퓨터이자 8살짜리가 마주한 신기한 세상이었다.

방학이 시작되면 나는 할아버지 집으로 가기 위해 학교에서 돌아오자마자 짐을 싸곤 했다. 방학 숙제로 있는 EBS 교재와 그림일기를 위한 색칠 도구, 좋아하는 옷가지들을 챙겨 놓으면 아빠는 나를 태워 30분 거리에 있는 시골에 데려다주었다. 여름이건, 겨울이건 짧은 봄 방학이건 개학을 하는 전날까지 모든 방학 시간을 보냈던 나의 시골집이었다. 집에 돌아오면 아무것도 할 게 없는 무료한 도시와 달리 할아버지와 멍멍이, 그리고 따라다니는 재미가 있는 할머니의 일상은 내게 흥미로움 그 자체였다. 어느 집 누가 무엇을 했는지가 매일매일 공유되는 시골에서 나는 누구보다도 특별한 방학을 보냈다.

매일 아침, 할머니는 EBS를 틀어 해야 할 부분을 챙겨주셨고, 숙제를 하다 풀이 필요할 땐 밥통에서 밥알을 몇 알 꺼내 짓이겨 주시곤 했다. 밥을 먹고 나면 후다닥 양치를 하고 나와 할머니를 따라 사랑방으로 향했다. 입구부터 반겨주는 덩치만 큰 순둥이 진돗개, 아랫목 열기에 새까매진 장판, 늘 쟁반 가득 담겨 있는 강냉이와 가래떡, 쑥색 모포와 그 위에서 쨍하게 빛나고 있는 새빨간 화투장이 지금도 선명히 그려진다. 10원짜리가 쨍그랑 소리를 내며 오가던 할머니들의 화투 게임은 출출해질 때면 하나둘 사랑방을 나서는 것으로 정리가 됐다.

마당에 세워진 경운기가 아침부터 우렁찬 엔진소리를 뿜어낼 때면 할머니는 '괜히 운동화 버리지 말라'며 제일 작은 장화 하나를 꺼내주셨다. 헐렁거리는 장화, 뒤뚱거리는 걸음걸이에도 잔뜩 신이 나 덜컹거리는 경운기에 올라탔다. 졸졸 물이 흐르는 작은 개울에서 물장난을 치거나, 비닐하우스에 들어가 빨개진 토마토를 따 먹거나, 푸른 잎사귀 사이에 숨은 호박이나 노각을 찾아 두리번거리는 게 나의 임무였다. 고구마를 캐느라 손에 호미를 쥔 날이면 '땅을 파야지 자꾸 고구마를 찍으면 어떻게 하냐'고 혼이 나기 바빴고 그러다가도 사방에서 튀어나오는 지렁이가 신기하다며 길고 통통한 지렁이를 만지며 놀기도 했다. 지금은 흙에 있는 지렁이를 언제 봤는지 그 이름조차 낯설게 느껴지는데 말이다. 밭일을 하고 돌아와 씻고 나오면 소주 한 잔 기울이신 할아버지가 뒷짐을 지고 물으셨다.

"할아버지 윷 놀러 갈 건데?"
"나도 갈래!"

동산이라고 불리던 마을 중앙 언덕엔 500년은 족히 이 자리를 지켰을 법한 같은 커다란 느티나무가 있다. 지금은 나무가 훤히 보일 만큼 길이 생겨났고 언덕도 사라졌지만, 당시엔 동산으로 가는 좁은 시골길을 따라 가야 언덕 아래 비닐하우스가 보이곤 했다. 머리 위로 까만 천이 덮여 있어 햇빛은 막아주면서도 옆이 뻥 뚫려 있어 시원한 바람이 솔솔 들어오던 여름날의 비닐하우스. 할머니에게 10원짜리 화투가 있었다면 할아버지에겐 은행에서 준 달력 뒷면에 놀이판을 그려놓은 윷놀이가 있었다.

도시처럼 시간을 보낼 수 있는 오락거리가 많지는 않아도 그 나름대로 시골이기에 즐길 수 있는 것들이었다. 어느 날은 씨앗을 사러 시내에 나가는 삼촌 스쿠터에 올라타 5일장 구경을 하고 왔고, 작은엄마를 따라 대중 목욕탕에 가면 나오는 길목에 있는 마트에 들러 음료수 하나를 마시며 집에 돌아오기도 했다. 하루는 TV에 나오는 군고구마를 해보고 싶다며 그 늦은 밤, 할머니를 조르기도 했다. 그럴 때면 시골집 마당을 밝혀주는 작은 알전구 불을 켜 주시던 두 분이었다.

"너 밤에 불장난하면 오줌싸개 되는 거야. 이불에 오줌 싸면 소금 얻어와야 해."

불 지핀 아궁이에 쓰이는 불쏘시개 막대를 가지고 장난을 치면 할머니는 '꼬챙이 태우지 마.'라고 불호령을 내리셨다. 방학 동안 내가 왔다 가면 불쏘시개 나뭇가지는 불이 붙었다, 꺼졌다 하기를 반복하며 점점 짧아지곤 했다. 재래식 화장실이었기에 내가 시골에 와 있을 때면 마루엔 늘 은색 요강이 모습을 드러냈다. 해가 떨어지지 않은 밝은 시간엔 화장실에 가는 도전을 했지만 '혹시나 빠질까?' 하는 걱정에 항상 문을 활짝 열어두고 볼일을 본 기억이 있다. 그렇게 중학교를 졸업할 때까지도 나는 방학이면 늘 시골집에 가 있었다. 그래서 더욱더 할아버지, 할머니와 함께한 우리만의 추억이 참 많다.

여름방학이면 마당에 핀 알록달록한 봉숭아꽃을 따다가 손톱에 물을 들이는 일을 잊지 않았다. '나 이따가 꽃물 들일래!' 하는 그 한마디면 할아버지는 스쿠터를 타고 슬쩍 밭에 올라가 칡덩굴에서 쓸 만하고 넓은 잎사귀 10장을 따오셨고, 자개 서랍에서 명주실을 꺼내 같은 길이로 열 가닥을 잘라 놓으셨다. 할아버지가 모든 준비를 끝내면, 할머니는 '가서 꽃 따와.' 하시며 백반을 꺼내 드셨다. 빻은 꽃잎 덩어리에 당신 손가락이 빨갛게 물드는데도 엄한데 꽃물 들지 않게 가만히 있으라던 할머니셨다. 손톱 위로 빻은 꽃을 올리고 나면 할아버지는 당신이 따오신 칡 이파리를 접어 손가락에 감아주셨고 잘라놓은 명주실을 칭칭 감아 묶어주셨다.

"아이고, 이놈새끼. 자면서 손가락 다 빠져서 이불에 죄 꽃물 들었네."
"할머니, 근데 이거 8개밖에 없어. 2개 어디로 갔지?"
"꽉 묶었는데도 요란하게 잤는지 또 다 도망갔네. 허허,"

할머니, 할아버지 그리고 나. 아무도 모르게 우리 셋만 공유하고 있는 그때의 기억. 영원할 거라 생각했던 여름날의 추억이 다신 돌아오지 않는다는 걸, 그걸 조금만 더 일찍 깨달았다면 얼마나 좋았을까. 여름, 길가에 핀 봉숭아꽃을 볼 때면, 늘어진 덩굴 잎을 볼 때면 늘 생각나는 우리 할아버지. 시간이 지나도 여전히 보고 싶어 마음이 시려온다.

언제나 나와 함께하는 내 수호신 우리 할아버지.
할부지, 나 잘 지켜보고 있지?

함께이기에
가능한 일

집 근처에 위치한 두 개의 초등학교 가운데 나는 위쪽에 위치한 초등학교에, 2살 어린 동생은 아래쪽에 위치한 초등학교에 배정되어 우리는 초등학교 6년 내내 서로 만난 적이 없는 학교생활을 했다.

같은 해에 개교한 학교들이었음에도 동생의 학교는 나의 모교보다 훨씬 도시학교의 느낌이 났다. 한집에 사는 아이들이 2년 사이 달라진 배정 규칙에 따라 각기 다른 초등학교에 다니고 있으니, 엄마는 학교행사에 참여하기 위해 늘 두 번에 걸쳐 일정을 빼곤 했다. 날짜가 겹치는 날이면 나는 엄마를 동생의 학교로 보냈다.

밟을 때마다 삐걱거리는 나무 바닥과 매달 한 통씩 지급되던 왁스, 한 번씩 왜 안 열리냐며 말썽을 부리는 무거운 나무 미닫이문, 운동장에나 있을 법한 커다란 복도 개수대와 수십 개의 수도꼭지가 있는 파란 타일의 세면실은 당장 어제라도 학교를 둘러보고 온 것처럼 기억이 생생하다.

초등학교 교실을 떠올리면 검게 그을린 벽돌색 난로와 은색 연통이 떠오른다. 난로에 연결된 연통은 교실 뒤편을 지나 창문 밖으로 뻗어 있었다. 각 학급은 매일 돌아가면서 반 아이들이 당번을 맡았다. 지금 생각해 보면 '어린 학생들이 매일 그 일을 다 어떻게 했었나' 싶을 정도로 겨울이면 더욱더 다양한 일과가 펼쳐졌다.

학교에 도착하면 당번은 손잡이가 달린 은색 깡통을 들고는 난로 앞에 쪼그려 앉았다. 전날 땐 온기 잃은 나뭇조각과 재를 퍼내 깡통에 담고 난로 속을 깨끗하게 비워내는 것이 첫 일과였다. 재가 담긴 통을 들고 학교 뒤편 분리수거장으로 가면 수위 아저씨와 체육 선생님은 깡통을 털어주셨고, 다시 오늘 땔나무와 왕겨탄을 담아주셨다. 묵직한 무게에 늘 두세 명이 당번을 따라 나갔고 나뭇조각을 하나씩 안아 들고는 반으로 돌아왔다. 비가 오는 날이면 습기를 머금은 나무에 불이 잘 붙지 않아 수업 시작종이 울리고서도 한참 동안 종이를 구기고, 넣고 하며 씨름을 해야 했다. 마침내 불이 붙고 매캐한 냄새가 교실 안을 채우면 연통에서 연기가 새어 나오는 곳은 없는지 선생님과 반 아이들은 두리번거리며 구멍 찾기를 했다. 연기가 새어 나오면 큰일이 난다고 틈틈이 교실에 찾아와 거품 물을 바르시던 수위 아저씨가 생각난다.

난로에 구워 먹을 수 있는 간식을 챙겨 오라고 일러주시면 아이들은 감자, 고구마 등을 챙겨 오곤 했다. 고구마가 익어갈 때쯤이면 당번은 또다시 학교 뒤편으로 나가야 했다. 커다란 우유 배달 차에서 200ml 흰 우유를 챙겨가는 일. 차가운 흰 우유와 함께 먹던 뜨거운 군고구마는 학교에서만 먹을 수 있던 특별한 간식이었다. 선생님은 모두가 한 입씩이라도 나눠 먹을 수 있도록 난로를 때우는 내내 고구마, 감자를 구워 분단별로 나눠주셨다.

일주일에 한 번, 저축통장을 수거하는 날이면 당번은 더욱더 바쁘고 진지한 모습을 보여야 했다. 학급 반장, 부반장, 총무와 함께 아이들이 통장에 끼워 온 돈의 액수를 확인하고 금액을 명단에 맞춰 기록했다. 신발주머니 같은 수거 주머니에 챙겨놓으면 새마을금고에서 온 언니가 이를 가져갔다. 엄마는 매주 천 원, 이천 원씩 통장에 넣을 돈을 챙겨주었다. 설이 지나고 세뱃돈을 받는 날이면 저축통장에는 만 원짜리가 두둑이 끼워져 있었다.

모든 것이 서툰 초등학교 저학년 아이들이었음에도 해야만 했던 일, 그럼에도 누구 하나 불평불만 없이 당연하게 따르고 돕던 당번의 일과였다.

"당번! 수업 끝나면 까먹지 말고 칠판지우개 털어놔야지!"

칠판 아래 설치돼 있는 분필털이개에 칠판지우개를 넣고 손잡이를 돌리면 탁-탁-탁-탁-하는 방망이 소리가 났고 동시에 뚜껑 틈새로 분필 연기가 하얗게 뿜어져 나와 숨을 꾹 참아야 했다. 복도에서 달그락거리는 급식차 소리가 들리면 당번은 엘리베이터 앞에 뒤엉켜 있는 여러 대의 급식차 가운데 반 번호가 쓰여 있는 급식차를 찾아 교실 앞문에 가져다 두어야 했다.

수업이 끝나 갈 즘이면 선생님은 불씨가 적절하게 꺼질 수 있게 불 조절을 하셨다. 다음 날 아침이면 새로운 당번이 난로 속 식은 재를 깡통에 담으며 다시 하루를 시작했다. 매주 수요일이면 양호실에서 받아와야 했던 불소. 반 아이들이 줄을 서면 당번은 배운 대로 적정량의 불소를 아이들의 입안에 짜줘야 했다.

"불소 삼기면 폐에 구멍이 뚫린대. 절대 삼키면 안 된대."

"선생님, 얘 삼켰대요!"

"선생님! 3분 안 됐는데 뱉었어요. 다시 해요?"

불소를 하는 날마다 찾아오는 소란스러움이었다. 인쇄실에서 갱지 유
인물을 받아오거나 반마다 주어진 크리스마스 씰을 파는 일, 모자라는
나무 땔감을 받아오는 일 등. 당번을 중심으로 모든 일을 서로 돕고 도와
주는 게 반복되고 있었다.

"난로라니, 동년배를 만난 듯한 반가움이 드네요."

"으악! 그건 80년대 이야기 아니에요?"

"에이, 저 91년생인데요."

지금도 당시 당번의 하루를 함께 나누었던 친구들과 술자리를 가질 때
면 난로 이야기는 빠짐없이 등장하는 소재가 된다. 지금은 수원 월드컵
경기장이 자리하고 있지만, 학교 운동장에서 내려다보이던 거대한 쓰레
기처리장과 그 옆에 모여 있던 높은 언덕의 달동네도 말이다.

한 번씩 학교 주변을 지날 때면 사라져 버린 그날의 모습과 잊고 살던
풋풋함이 하나둘씩 떠오른다. 무슨 일이든 서로 돕고 도움받으며 해낼
수 있는 어린이로 만들어 주던 98년도의 초등학교. 똑 부러지는 친구들

에겐 리더십을, 힘이 부족한 친구들에겐 함께할 수 있는 동료를 만들어
주던 서툴지만 작은 사회였다.

무사히 당번의 하루를 보낸다는 건.
모두가 함께 해냈다고 말할 수 있는,
그 자체로도 큰 의미가 있는 날이었다.

비워내기가
필요한 이유

캠핑에 빠지게 된 계기는 단순했다. 우연히 막 캠핑을 시작한 지인의 초대로 어느 캠핑 행사에 가게 된 밤이었다. 네모난 캐빈 텐트를 가지고 다니며 가족들과 야영을 하던 어릴 적 기억과는 달리, 각기 다른 모양과 색을 가진 텐트들이 잔디 위에서 화려한 빛을 뿜어내고 있었다. 따뜻한 빛을 내는 램프와 조명이 내게는 마치 요정 숲에 놀러 온 듯한 기분을 안겨주었다. 직접 만들었다는 카레 한 그릇을 얻어먹고는 의자에 기대어 앉아 '이게 여유로움이라는 거구나.' 하며 멍하니 밤하늘을 올려다보던 그때였다.

"와! 지금 지나간 저거 뭐예요?"

"별똥별. 나도 봤어."

"와… 캠핑하면 매번 이렇게 많은 별을 볼 수 있는 거예요? 그럼 저 캠핑 할래요!"

어두운 하늘을 빽빽이 채운 작은 반짝거림과 정말 순식간에 사라져 버린 별똥별의 등장은 캠핑에 대한 설렘으로 다가왔다. '캠핑 그거, 텐트 하나만 있으면 누구나 할 수 있는 거.'라고 생각했다. 다음날 적당한 가격의 텐트를 얻기 위해 중고 사이트를 뒤적거리기 시작했다. 23살 10월의 어느 날이었다. 그렇게 2주 뒤, 4인 가족이나 쓸법한 커다란 국방색 텐트를 들고 나타나니 너도나도 젊은 아가씨가 웬 아저씨 텐트를 들고 왔냐고 물었다. 텐트 설치가 처음이라 헤매고 있는 우리를 위해 손에 망치 하나씩을 들고 나타나 묵묵히 모양을 잡아주고 가셨던 그 모습이 지금도 선명하다. 핼러윈 분위기로 젖어 있던 나의 10월 말 첫 캠핑. 단순하게도 텐트와 침낭, 버너와 프라이팬 하나, 그렇게 대충 구색만 맞추면 아무 문제가 없을 거라 생각했다. 얼마나 추운지, 어떤 위험이 있는지 제대로 알지 못한 채 별을 보겠다며 열정 하나로 떠난 김포의 어느 산속이었다.

낮엔 따사로운 햇살이 비치던 가을 날씨는, 밤이 되자 쌀쌀한 공기가 흘러나오는 겨울 산의 모습을 여과 없이 보여주고 있었다. 캄캄한 어둠 속에서 휴대폰 플래시와 건전지 랜턴을 하나 두고 요리를 하겠다며 2시간째 파인애플과 씨름을 하고 있으니, 낮에 도움을 주셨던 캠핑장 사람들은 '음식과 술은 여기 충분히 많으니 제발 그만하고 와서 먹으라'며 모양도 맛도 이상한 나의 첫 캠핑요리에 위로를 전했다. 점점 더 차가워지는 밤공기에 모두가 '너무 추울 거 같은데 괜찮겠나?'며 걱정을 할 정도였다. 따뜻한 장작불과 동이 틀 무렵까지 이어진 술자리 덕분이었는지 걱정했던 것보다는 괜찮았던 지난밤이었다. 텐트 밖으로 나가기 위해 일어난 이른 아침, 지퍼를 올려보니 아침이슬에 천이 꽁꽁 얼어붙어 부서질 거 같았다. 그제야 우리의 지난밤이 얼마나 추웠던 건지가 체감이 됐다.

"캠핑이 이런 거라면 두 번 다신 캠핑을 하지 않을 거야."

캠핑의 매력을 보여주겠다며 함께 온 그녀에게 잊지 못할 기억을 안긴 나는, '언젠간 이날을 꼭 만회하고 말겠다.'는 다짐을 했다. 이후 작고 예쁜 텐트가 많으니 그런 걸 들고 다니는 게 어떻겠냐는 주변 권유에 휴대가 편한 텐트를 시작으로 여러 번 텐트를 사고팔고 반복하며 안락한 캠핑을 선보일 그날만을 기다렸다.

"캠핑 갈래? 나 이제 많이 발전해서 겨울에 반팔 입고 있어도 안 추워."
"싫어. 차라리 펜션을 갈래."

해가 지날수록 늘어나던 캠핑 장비는 어느새 7~8명의 친구와도 떠날 수 있을 만큼 성장했지만, 3년이 지나도록 그녀의 마음을 돌리는 건 쉬운 일이 아니었다. 캠핑 문화가 지금처럼 활성화되어 있지 않았던 당시, 많은 수의 친구들과 함께 캠핑을 떠날 때면 '새로운 경험을 할 수 있게 해줘서 고맙다.'는 그 말이 뿌듯함으로 돌아왔다. 그러다가도 꿈꾸던 것과는 다른 캠핑의 현실 앞에 투덜거리는 친구가 있을 때면 '내가 왜 이렇게까지 나서서 고생을 하고 있나.' 하는 회의가 들었다.

"아, 바닥이 너무 딱딱해서 못 자겠어. 캠핑 너무 불편해. 집에 가고 싶어."

"너무 더워. 그냥 차에서 에어컨 쐴래. 차 문 좀 열어줘."

"벌레! 아 진짜 벌레 좀 어떻게 해봐. 사방이 벌레야."

2박 3일 내내 불평을 쏟던 모습에 비로소 지쳐버리고 말았다. 집에 돌아오자마자 '이젠 나를 위한 시간을 쓰겠다.'며 중고장터에 캠핑 용품을 내놓기 시작했다.

'8인까지도 잘 수 있는 에어텐트입니다. 5만 원에 펌프까지 드릴게요. 가져가실 분.'

'50m 릴선 필요하신 분. 배전함이 어디에 있던 전기사용이 가능합니

다. 3만 원.'

그렇게 커다란 장비를 정리하고, 백패킹으로 혼자만의 시간을 소소하게 즐기다 보니 여럿이 즐기는 캠핑이 그리워지는 날도 찾아왔다. 사계절 내내 포근함을 느낄 수 있다는 면 텐트를 구입했다. 가장 먼저 이거라면 그녀도 만족할 거란 확신이 들었다. 2주간의 설득 끝에 함께 떠날 수 있던 그녀는 '정말 많이 발전한 덕에 편하고 즐거웠다'며 웃어 보였다. 추위에 떨었던 23살의 가을, 그날로부터 5년이란 시간이 흐른 어느 겨울이었다. 그리고 찾아온 코로나19. 실내 활동에 제약이 생기자 사람들은 야외 활동을 하기 시작했고 캠핑장 예약은 두 달 뒤까지도 빈자리를 찾기 어려울 만큼 치열해지기 시작했다. 빽빽하게 들어찬 텐트와 줄지어있는 사람들에 더 이상 한적한 캠핑을 기대할 수 없었다. 그렇게 매주, 매달 떠나던 우리의 캠핑은 봄가을에 한 번. 그것도 오랜 시간 같이 캠핑을 해오던 지인들이 '오랜만에 얼굴 좀 보자.'며 챙겨주어야 나서게 되는 연례행사가 되어 있었다.

"제가 머리가 커서 그런 걸까요? 귀찮아져서?"
"아니야. 캠핑하다 보면 한 번씩 그런 때가 오더라고. 몇 년 또 안 하기도 하고, 장비를 다 팔았다가도 분위기가 그리워서 다시 사기도 하고. 지칠 땐 쉬면 돼. 의무가 아니라 즐기려고 하는 거잖아."

그렇게 또다시 비워내기를 시작했다. 지난 10여 년간의 추억과 시간을 나눈 사람들이 떠올라 그리우면서도 어쩐지 마음은 홀가분했다. 늘 처음 가보는 예쁜 자연으로 초대하거나, 생소하지만 좋은 음식을 접하게 해 주었고, 하룻밤 꼬박 웃게 하는 즐거운 에너지를 얻곤 했다. 뿐만 아니라 고민이 있을 땐 진지한 조언을 아끼지 않았고, 위험한 상황에선 내 일처럼 나서주시던 든든한 인생 선배들이었다.

철없이 팔랑거리던 23살의 말괄량이가 서른이 넘어갈 때까지도, 감성 캠핑 카페의 막내로 불리며 서툰 부분을 챙겨주셨다. 예전처럼 자주 얼굴을 보지 못하는 데서 오는 아쉬움이 가슴속에 늘 남아 있다. 화창한 하늘을 볼 때면 가장 먼저 생각나는 사람들. 모든 것을 비워낸 지금임에도 늘 함께 떠나고 싶은 바람을 떠올려 보곤 한다.

커피 향, 아침 국밥, 장작불 그리고 별자리.
오랜 시간에 걸쳐 진짜 휴식이 무엇인지 알려준 나의 인생 선배들에게
진심으로 감사하다는 말을 전하고 싶다.

거울 속 나와
친해지기

"아기 눈이 어쩜 이렇게 예뻐요. 아주 천만 불짜리 쌍꺼풀이네."

엄마 손을 잡고 나가면 지나가는 사람들이 내게 해주던 그 말이 아주 어렴풋하게 머리에 남아 있다. 감사하게도 오랜 시간 눈이 참 예쁘다는 말을 들으며 자랐다. 시간이 흘러 빵빵한 볼, 납작한 코, 뾰족한 덧니가 얼굴에 더해졌다. 주변에서는 '코 수술만 하면 딱일 텐데.', '덧니를 좀 교정하면 좋겠네.', '시집가려면 이 두 개는 하고 와야겠네.' 하는 말을 아무렇지 않게 했다. 나 역시 대수롭지 않게 여겼다. 귀담아들을 필요가 없는 말이었다. 괜한 걱정들과는 달리 자존감이 높은 나는, 살면서 단 한 번도 내 외모가 콤플렉스였던 적이 없다. 예쁘고 잘나서가 아니라 있는 그대로의 나를 존중하니 그것만으로도 늘 자신감 있고 당차 보이는 사람이 됐다.

외국 친구들이 웃을 때마다 뾰족하게 튀어나오는 송곳니를 가리키며 '승희는 뱀파이어야.'라고 놀릴 때도 '어, 그러니까 목덜미 조심해.'라며 농담을 했고, 만나면 늘 코를 꼬집으며 '기지배, 여기만 좀 높으면 예뻤을 텐데.' 하는 어른들의 장난에도 '그럼 제 천만 불짜리 쌍꺼풀이 가짜가 되니까 안 돼요.' 하고는 웃어넘겼다. 낮은 코와 덧니는 차가운 인상을 가졌다는 내가 웃음 한 번으로 단번에 친근함을 줄 수 있는 변신도구와도 같았다.

치과에 갈 때면 치아교정이 필요하다는 말이 내겐 그림자처럼 따라다녔다. 그렇게 10년, 20년. 시간이 흘러도, 치과를 옮겨도 교정을 권유받긴 마찬가지였다. 씹지 못하는 것도 아니고, 충치가 생긴 것도 아니고, 그렇다고 덧니가 눈엣가시처럼 여겨지거나, 불편이 따르는 것도 아니니 성인이 되어서도 치아교정의 필요성을 전혀 느끼지 못했다. '지금의 모습도 좋아. 생긴 대로 살래.' 하던 내게 변화가 찾아왔다. 서른이 되도록 문제없던 덧니가 혀와 입술을 씹기 시작한 것이다.

"나이가 들면 피부 노화가 시작돼서 우리가 흔히 처진다는 표현을 하잖아요. 잇몸도 똑같아요. 잇몸이 느슨해지면 치아가 이동할 수 있는데 환자분은 덧니가 앞에 있어서 그게 바로 느껴진 거예요."

"벌써 한 달째 같은 자리를 계속 씹어서 너무 얼얼해요. 교정을 꼭 해야 할까요? 지금에서요?"

2년이란 시간 동안 교정 장치를 하고, 잇몸에 작은 나사를 박을 수도 있다는 말이 두렵게만 느껴졌다. 결국 1년을 미루며 통증을 참았다. 하지만 시간이 흘러도 변함없이 씹히는 입술에 다시 치과를 찾았을 땐 '교정을 하고야 말겠다.'는 마음의 결정을 내린 상태였다.

"선생님, 저 오늘 아예 교정 장치까지 다 붙여주시면 안 돼요? 검사 끝나고 가는 길에 마음 바뀌지 못하게요. 이젠 너무 아파서 못 참겠어요."

"본을 떠야 해서 바로는 어렵고, 오늘이 금요일이니까 주말 지나고 월요일에 붙여드릴게요."

그렇게 32살, 뒤늦게 치아교정을 시작하게 됐다. 아랫니 2개를 발치하던 날. 유독 미세 신경이 많은 아래턱은 마취가 잘되지 않아 치과 진료 때마다 어려움을 겪는 부분이었다. 이번에도 역시 호흡이 가빠지고 머리만 어질해지는 상황이 계속됐다. 의사 선생님은 참 오랜만에 이런 환자를 마주한다고 했다. 쉽게 끝났던 윗니와 달리 3배의 시간과 통증이 동반

된 발치에 기운이 쫙 빠진 채로 집에 돌아온 때였다.

"딸, 요즘 힘든 일 있니? 스트레스 많이 받아?"

입에 솜을 꽉 물고 있기에 나는 말없이 고개만 저어 보였다. 평소와는 달리 심각하게 묻는 목소리에 어리둥절하면서도 가시질 않는 통증에 멍하니 천장을 주시하고 있던 그때였다.

"아빠가 방문 앞에 바늘 있는 주사기 하나가 있었다고, 혹시 요즘 힘들거나 해서 약을 하는 게 아닐까… 하더라고?"
"믄스르으(뭔 소리야)?"
"나도 아니라고, 이상한 소리 말라고 했는데, 자꾸 슬쩍 가서 물어 보라 길래. 힘들어서 약하고 그런 거 아니지?"

어이가 없어서 웃음만 나왔다. 솜을 물고 있는 입술 틈새로 붉은 침이 새어 나오려고 해 입을 다무느냐고 더 안간힘을 썼다. 느닷없이 어디 있던 주사기가 튀어나온 건지는 모르겠으나 온 틈새를 헤집고 다니는 천방지축 고양이가 둘이나 있으니 20년째 살고 있는 이 집 어딘가에 있던 주사기였다고 한들 이상하게 느껴지지가 않았다. 창에 붙인 뽁뽁이에 색을 넣어보겠다고 물감을 빨아들이던 날을 가장 먼저 떠올렸지만 아빠의 생각은 달랐나 보다. 요즘 야근으로 축 처져 들어오는 나를 떠올림과 동시에 힘든 걸 이겨내기 위해 내가 나쁜 길로 빠진 것 같다는 이상한 상상을 하는 것 같았다. 따끔거리는 목에 침을 삼키기도 어려웠지만 나는 너무나도 진심으로, 또 조심스럽게 묻고 있는 엄마의 말에 정신이 바짝 차려졌다.

'교정하는 것도 무서워서 1년을 미루다가 시작했는데 내가, 내 손으로, 내 몸에? 바늘을? 딸내미를 대체 어떻게 생각하면 주사기 하나에 우리 애가 약을 한다고 생각하는 거야? 주사기가 갑자기 어디서 나와 가지고 겁쟁이를 약쟁이로 만들어.'

나는 어이없는 웃음을 하며 휴대폰 메모를 엄마에게 들어 보였다. 엄마는 '역시 그렇지?' 하는 얼굴을 하며 슬며시 방을 나섰다.

남들이 보는 나는 콧대가 없고 흡혈귀 같은 덧니가 눈에 띄는 사람이었지만, 나는 그것을 매력 포인트라 여겼다. 직장생활을 시작하고 어느덧 30대가 되니 한두 달씩 이어지는 야근에 보는 사람마다 '피곤해 보이는데 괜찮아?' 하는 말이 아침 인사처럼 따라다녔다. 부족한 수면은 곧바로 피부의 푸석함이나 터진 입술, 갈라진 목소리로 확 드러났다. 주변에서도 확실히 20대와 30대의 체력이 얼마나 차이 나는지를 여실히 느끼는 중이라고 했다. 거울에 비친 모습을 보니 고작 10년이라는 시간 동안 주름지고 늘어지고, 또 깊게 파인 모습의 나와 마주할 수 있었다. 누구보다 있는 그대로의 나를 사랑하고 좋아했지만, 왜 사람들이 나이가 들어도 꾸준히 시간과 돈을 들여 외적인 모습을 가꾸는 데 열을 올리는지 조금씩 이해가 되기 시작했다. 사람이 참 간사하게도, 삐뚤빼뚤한 덧니조차 매력이라며 즐거워하던 내가 교정 이전의 사진을 보며 '공룡이야?'라며 놀라워하고 있었다.

"때로는 생긴 대로 살지 않을 필요도 있는 거 같네. 교정하길 잘했어. 팔자주름은 더 깊어진 거 같지만. 할머니가 돼서도 이렇게 주름이 파이려나?"

가지런해진 치아를 보며 동시에 그런 생각을 떠올린다. '점점 더 얼굴에 주름이 더해지고 노화가 찾아올 텐데 그 변화로부터 나는 얼마나 너그러워질 수 있을까?', '그런 내 모습 그대로를 응원할 수 있을까?'

이제는 전처럼 받아들이기 쉬운 일은 아니겠지만,
오늘도 수척해진 볼과 깊어진 주름을 당겨보며 내 방식대로,
거울 속 나에게 즐거운 장난을 건네어 본다.

세상에 절대라는 건
없다

소를 키우고 젖을 짜며 '백운농장'으로 불리던 나의 시골은 곳곳에 남은 축사의 흔적과 우유통만이 이곳이 젖소농장이었음을 알려주고 있었다. 텅 빈 축사에는 쌀가마니와 탈곡기, 농기구가 자리를 채우며 시골의 사계절을 보여주곤 했다.

할아버지와 삼촌은 모내기 철이 시작되면 긴 장화를 입고 논에 들어가 기계가 닿지 않는 곳에 하나하나 벼 모종을 심었다. 자신도 논에 들어가겠다며 떼쓰는 열 살짜리에게 다리에 붙어 있는 거머리를 보여주시며 '논에 들어오면 이렇게 피가 난다'고 겁을 주시던 어른들이었다.

길어지는 모내기에 더위를 먹는다며 나무 그늘에 가 있으라던 할아버지의 말에 나는 파라솔을 편 경운기 뒤에 앉아 있거나 논두렁 가상에 앉아 개구리알이나 올챙이를 관찰하곤 했다. 그러다 보면 할머니는 참기름 잔뜩 두른 간장국수 새참을 가지고 오셨다. 옆에서 구경만 하던 초등학생에게 시골은 늘 신기하고 재밌는 곳이었다. 이후 꼬마 농사꾼으로서 밭일을 도울 수 있게 되었을 땐 끝이 보이지 않는 고추밭 사이로 들어가 고추를 따거나 잘 영근 옥수수를 꺾는 일, 들어가자마자 땀이 줄줄 흐르는 비닐하우스에서 토마토를 따는 일처럼 위험하진 않으면서도 할 수 있을만 한 일로 농사에 손을 보탰다.

밭엔 김장을 위해 배추, 무 등의 야채와 함께 할머니의 작은 좌판에 오를 옥수수, 오이 등의 작물이 자랐다. 여름이면 가마솥은 매일 아침, 옥수수를 찌기 위해 이글이글 불타오르며 김을 내뿜었다. 곧 맛있게 익어가는 옥수수 냄새가 시골집 마당을 채웠다. 한 김 식힌 옥수수를 크기별로 봉지에 나눠 담으면 할머니의 장사 준비는 얼추 마무리되었다는 뜻이었다. 제대로 영글지 못했거나 크기가 작은 옥수수는 모두 내 몫이 됐다. 생긴 건 붉으락푸르락해도 설탕을 친 듯 달달한 토마토, 곧게 뻗진 못했어도 아삭거리기만 하던 오이였다. 가장 보기 좋고 먹음직스러운 것들만 추렸음에도 좌판의 작물들은 마트에서 파는 야채와는 그 생김새가 어딘가 많이 달랐지만, 사람들은 '이런 게 진짜'라며 좋아했다.

그렇게 더 맛있는 농작물을 먹으며 자란 나의 학창 시절이었다. 20년이 흐르도록 나는 농사철이면 주말을 반납하고 밭에 올라가 배추를 나르거나 옥수수를 땄다. 할아버지가 돌아가신 후엔 삼촌을 중심으로 농사일이 이어졌다. 아빠를 따라 밭에 다녀온 날이면 저녁부터 온몸이 욱신거린다는 게 느꼈지만 그럼에도 모두가 해야 하는 당연한 일이었다.

시간이 지날수록 농사일이 힘들고 지친다는 게 느껴져 식구들은 김장용 채소와 옥수수, 고구마, 들깨 정도만 키우자며 작물의 수를 줄였다. 그럼에도 농사일이 전문적이지 못했던 아빠와 나는 수시로 할아버지의 빈자리를 느끼곤 했다. 작물 수확 시기가 다가올 때면 '한동안 또 몸살이나 끙끙 앓겠지.' 하며 밭에 가기 싫다는 말을 차마 뱉지 못하고 꾹꾹 삼켰다.

이번엔 작물의 수가 아닌 농작지를 줄여보기로 했다. 끝이 보이지 않던 밭을 절반만 사용하기로 했는데 사람 마음이 참 그렇더라. 막상 멀쩡한 땅을 놀리려고 하니 그게 왜 또 그렇게 아쉽게만 느껴지는지 말이다. 하지만 부족한 일손과 체력이 감당할 수 없다고 판단했기에 우리는 욕심을 내지 않기로 했다. 그래도 역시 만만한 규모는 아니었다. 어느 순간부터는 밥벌이를 하러 간다는 아빠의 부재로 엄마와 나, 삼촌과 할머니, 그렇게 네 사람이 밭일을 하기 시작했다. 밭에만 다녀왔다 하면 모녀의 끙

끙 앓는 소리와 서로에게 붙여준 파스 냄새가 진하게 풍기곤 했다. 이젠 지친다는 생각을 넘어 농사일에 신물이 나기 시작했다.

"나 농사 싫어. 이제 밭에 안 갈 거야. 김장도 안 해. 안 가. 아무도 안 하고, 이렇게 다 힘든데 왜 해야 해?"

"너 안 가면 할머니 혼자 다 해야 하는데 왜 안 한다 그래."

"아빠가 해야지! 아빠도 안 가는 밭을 무슨. 엄마도 나도 힘들어. 차라리 좌판 말고 용돈을 드려. 싫어. 농사 싫어. 안 해!"

그날 이후 나는 단 한 번도 밭에 가지 않았다. 할 만큼 했다고 생각했다. 더 이상 농사를 지을 사람이 없어지자, 밭은 자연스럽게 정리가 됐다. 이제는 김이 모락모락 올라오는 마당의 가마솥도, 무슨 모종이든 심으면 수확의 기쁨을 얻을 수 있던 밭도 없다. 시골이 주는 매력을 그때는 몰랐다.

옥수수, 고구마, 토마토, 오이, 배추, 고춧가루 등등. 값을 모르지만 원 없이 먹던 작물들을 마트에서 사 먹기 시작했다. 할머니의 좌판에서도 볼 수 없던 예쁜 모양의 옥수수와 고구마, 멍 없는 토마토와 곧게 뻗은 오이가 가득했다. 고를 것도 없이 아무거나 담아도 상품 가치 있는 작물들에 그 자체로도 마냥 좋았다. 야채와 과일 가격이 한참 오르던 때가 있었다. 주먹 반만 한 토마토 8개가 9천 원, 길쭉한 오이 3개가 5천 원, 쭉 정이라며 시골에선 쳐주지도 않던 작은 고구마가 한 입 고구마라는 이름 으로 만 원에 판매되고 있었다. 즐겨 사는 야채들의 가격이 껑충 뛰어 있 는 걸 보면서 장을 보는 내내 그런 생각을 했다.

"토마토 저거 하우스에 심어놓고 물만 주면 감당 안 될 정도로 여름 내 내 따먹을 수 있는 게 저 토마토인데 개당 천 원이나 한다니."

"고구마 저거 쭉정이라고 쳐주지도 않던 건데 저걸 한 입이라고 파네. 호미로 한 번 쓱 긁으면 줄줄 따라 나오는데."

"반 토막만 한 옥수수 2개가 4천 원이라니, 우리 할머니는 찰옥수수 봉 투 한가득 담아서 5천 원에 팔았는데."

마트를 둘러보는 걸음걸음마다 힘들었던 지난날이 눈앞에서 휙휙 지 나가는 듯했지만 어쩐지 입가엔 웃음꽃이 피고 있었다. 경운기에 가득 옮겨 싣던 지난날을 떠올렸다. 그리고 마침내, '고구마랑 토마토랑, 음… 옥수수도. 그 정도만 조금 심어볼까?'라며 머릿속에서 구획을 나눠보는 나를 발견했다. 그런 생각을 떠올린 나 자신에 너무 놀라 그 자리에 멈춰 서버렸다.

"나 지금 옥수수 심을 생각한 거야? 농사짓는 생각을 한다고?"

두 번 다신 농사일을 하지 않을 거라 다짐했다. 하지만 지금의 난 그날의 시골집도, 드넓은 밭의 풍경도, 수확으로 얻는 기쁨도 모두 그리워하고 있었다. '세상엔 절대라는 건 없어.'라고 여기면서도 그 말을 쉽게 내뱉었다. 오랜 시간 시골집이 있던 자리엔 신축 빌라가 지어져 새로운 보금자리로 탄생했다. 이제는 돌아가려 해도 돌아갈 수 없는 시간이 됐다. 그래서 아쉽지만, 그렇기 때문에 앞으로의 날을 더 소중하게 여길 수 있을 것만 같다.

변덕스러운 내 마음이
또 언제, 어떻게 바뀔지 모르니 말이다.

'막막하지만 일단 해보자!'라고 마음먹은 적이 있나요?

낯설지만 새로움을 보고 배웠다고 느낀 상황을 떠올리며 생각나는 것을 천천히 적어보세요. 단어나 문장, 그림 그 어떤 것도 좋습니다. 중요한 건, 당장은 해결하기 어려운 일 일지라도 긍정적으로 풀어나가려는 나의 마음가짐과 응원이에요.

행복한 상쾌한 용기나는 친근한 기대되는 고마운 다정한
흥미로운 감동적인 든든한 반가운 통쾌한 여유로운 따뜻한
생기있는 안심되는 뿌듯한 신기한 화나는 난처한 두려운
외로운 놀라운 답답한 불쾌한 후회하는 불안한 실망한 허탈한
초조한 아쉬운 창피한 슬픈 억울한 무기력한 불편한 서운한

내 마음이 잔잔한 호수와 같은 날에도, 높은 파도가 일렁이는
바다와 같은 날에도, 의식적으로 이 문장을 떠올려 보세요.
'그래서 감사합니다.'라고 말이에요.

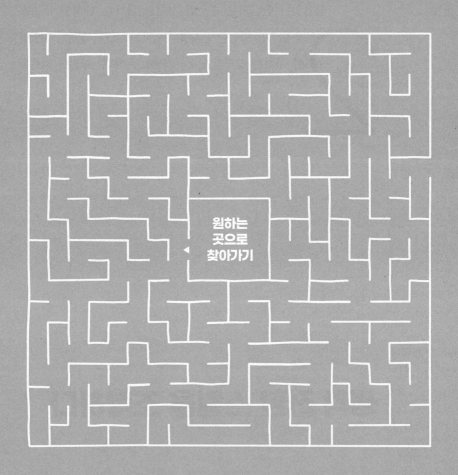

원하는
곳으로
찾아가기

2

성장
퀘스트

생각 전환 스킬을 조합하다
<아휴, 겪어보니 그래도 조금은 알 거 같아요>

인생은 원하는 대로
흘러가지 않는다

자신이 겪었던 힘들었던 젊은 날의 경험을 자식들은 모르고 살게 하고 싶다며 아등바등 열심히 살아온 부모님이셨다. 그 덕에 인생의 굴곡 한 번 없이 지난 30여 년을 정말 무탈하게 살아왔다. 집마다 어렵다고 하던 IMF에도 이렇다 할 어려움 없이 지나쳤고, 맞벌이였지만 사치스러움과도 거리가 멀었기에 빚더미라거나 빨간딱지와 같은 말에도 해당 사항이 없었다. 그런 환경 속에서 자라온 내가 처음으로 탈락의 쓴맛이자 깊은 패배감을 맛본 날이 있다.

신도시, 새로 생긴 고등학교의 1회 입학생이었던 우리와 명문이라는 수식어가 따라다니는 옆 학교를 잡기 위해 공개적으로 순위를 나열하며 학생들에게 치열한 경쟁을 붙이던 학교였다. 2학년 가을이 되자 학교 축제가 열린다는 소식이 들려왔다. 동아리 하나 없이 오로지 공부만을 강요하던 곳이었지만, 무슨 일인지 오디션을 통해 우승팀 공연을 축제 무대에 선보인다는 공지였다. 사춘기 청소년들의 자존심과 함께 눈에 보이지 않는 신경전이 시작되었다. 단순히 학교 행사였음에도 방송국 오디션 못지않은 긴장감이 복도까지 흘러나왔다.

유독 외향적인 성향을 가진 친구들이 많았던 우리 반은 오디션에 큰 관심을 보였다. 같은 반엔 댄스스포츠 선수로 활동하는 친구가 있었다. 누가 정해준 것도 아닌데 우리는 자연스럽게 그 친구를 주축으로 '너 할래?', '같이 할래?' 하며 하나둘, 학급을 대표해 나갈 멤버를 모으기 시작했다.

"우리 반 댄스스포츠 할래? 내가 알려줄게."
"그건 너무 어렵잖아. 오디션까지 두 달도 안 남았는데."
"왜 못해! 오늘부터 특훈이다. 쉬는 시간마다 모여."

농담처럼 던진 말에 진지함이 더해졌다. 회의를 거듭할수록 뜬구름 같던 아이디어는 점점 또렷해지고 있었다. 지금의 유튜브와 같은 검색 채

널이 활성화되어 있지 않던 2008년의 여름날이었다. 평소 장난기 많고 까불거리기만 하던 모습은 온데간데없고 리더라는 이름 아래 전문가 분위기를 물씬 풍기던 녀석이었다.

"모여 봐. 내가 노래 골라왔어. 박진영 노래 중에 〈스윙 베이비〉라는 노래가 있는데 이게 쉬운 댄스스포츠 동작이 많이 섞여 있거든."

노래 선정부터 안무를 짜는 것, 또 12명이나 되는 우리 모두가 동작을 소화할 수 있도록 쉽지만 화려하게 수정하고 가르치는 일 역시 리더인 친구가 도맡아 했다. 이런 무대 구성과 안무는 우리이기에 할 수 있는 거라며 기뻐했다. 모든 것을 극비로 붙이기 시작했다. 경쟁자들에게 무슨 노래를 하는지조차 알리지 않겠다며 PMP 스피커를 통해 나오는 작은 소리를 듣기 위해 교실 뒤편에 쪼그려 앉아 머리를 맞대던 기억이 떠오른다. 둥둥거리는 도입부 음악이 시작됨과 동시에 우리 모두는 '오! 이거 뭐야!'라며 입을 막았다. 저절로 몸이 움직이는 경쾌한 리듬에 누가 먼저랄 것도 없이 '이거다!'라며 박수를 쳤다. 댄스스포츠 동작을 중심으로 남녀가 한 팀이 되는 안무를 짜온 리더는 마지막엔 짝을 받쳐 들어야 하는 동작이 있다며 소화할 수 있는 체격대로 팀을 맞춰주었다. 신문지로 창문을 가려가며 조용히, 그리고 은밀하게 연습을 해나가던 우리였다. 무대에 참여하지 않는 친구들 역시 든든한 서포터로써 비밀유지를 위해 힘쓰고 있었다. 모두가 자기 시간을 포기하고 쉬는 시간마다, 주말마다 모여 안무 연습을 했다. 그 어떤 이의 눈에도 띄지 않도록, 아버지 교회 강당에서, 리더의 연습실에서, 친누나의 스튜디오에서. 모일 수 있는 공간만 있다면 언제든 모여 호흡을 맞춘 지도 한 달이 넘어가고 있었다.

하지만 영원한 비밀은 없었다. 곧 '댄스스포츠 동작을 한다더라.' 하는 소문이 교내에 퍼졌고 오디션이 열흘도 안 남은 상황에서 2인 1조를 이뤄 춤을 추겠다는 반이 생겨났다. '왜 따라 하는데?' 하는 실랑이가 복도를 지날 때마다 이어졌지만 우리는 곧 실력으로 무너트리자며 결의를 다졌다. 너무나도 완벽한 합이라고 생각했다. 긴 시간 동안 누구 하나 꾀를 부리거나 투덜거리지 않았다. 당찬 자신감처럼 물 흐르듯 자연스러운 무대가 끝이 났다. 체육관을 울리는 엄청난 환호와 박수갈채가 쏟아져 나왔다. '전율이라는 게 이런 거구나.' 하는 짜릿함이 온몸으로 느껴졌다. 눈물이 왈칵 차오르는 기쁨도 잠시, 어른들의 눈엔 이 무대가 '최악'이라며 평가되고 있었다. 이유는 오직 하나, '남녀가 짝을 이룬다는 것 자체가 선정적이다.' 하는 것이었다. 창의성이나 무대 구성, 완성도는 모두 무시되었고 심사위원 평이라며 마이크를 잡은 이들은 하나같이 '남녀학생이 손을 왜 잡아?', '너희가 어깨동무를 왜 해?' 하는 말만 반복할 뿐이었다. 댄스스포츠는 참 신나는 리듬을 가졌다며 즐기던 우리였기에 선정적이라는 평가를 이해하는 게 참 어려웠다.

"무대에서 뽀뽀를 한 것도 아니고, 도대체 뭐가 선정적인데?"

"반응도 제일 좋았는데. 꼴등이라니 말도 안 돼. 저 유치원 율동 같은 게 1등이라고?"

우습게도 열흘 전, 노래를 바꿨던 팀에게 우승의 명예가 돌아갔다. 부족한 부분은 축제까지 시간이 더 있으니, 연습을 하면 된다는 것이었다. 지금 생각해 보면 학교 축제 그게 뭐라고 그렇게까지 치열한 시간을 보냈나 싶기도 하지만 또 한편으로는 협동, 단합, 자신감, 즐거움, 응원. 당시 우리에게 그 무대는 우리를 표현할 수 있는 그 자체가 되어주었다. 최악이라는 말, 그 결과를 듣고 한참을 주저앉아 울었다. 비등한 실력을 가진 팀에게 순위를 빼앗겼다면 그렇게까지 속상하진 않았을 텐데 여러모로 자존심이 상했다. 집에 돌아와서도 펑펑 울면서 저녁 시간을 보냈다. 왜 그런지 자초지종을 설명하니 아빠는 그게 현실이라고 했다.

"세상이 뭐 너 하고 싶은 대로 그렇게 호락호락 되니? 앞으로 그런 일이 한둘이 아닐 텐데. 뭘 그런 걸로 종일 울어. 그게 네가 살아갈 세상의 현실이야."

위로가 필요했고 응원이 필요했지만 결국 아빠도 어른이었다. '그래도 고생했다.' 하는 한 마디만 해주지 하는 아쉬움과 차가움이 시간이 흘러도 잊히지 않고 줄곧 나를 따라다녔다. 무대를 준비하던 친구들 외에도 같은 반 친구들은 '주말에 구경하러 가도 돼?', '우리가 가서 영상 찍어줄게.' 하며 함께 시간을 보냈다. 적어도 이 30여 명의 마음속에서 우리는 단연 최고의 무대를 올린 사람들이었다. 한 달 반이 조금 더 넘는 시간이 사진과 영상으로 남아 있었다. 영상편집을 할 줄 알던 나는 서로가 찍은 파일을 한데 모아 메이킹필름을 만들었다.

모두가 모인 아침, 보여줄 게 있다며 담임 선생님과 친구들을 앉혀 놓고는 PMP에 넣어온 영상을 학급 TV에 연결했다. 괜히 분위기를 잡는 잔잔한 음악이 커다란 화면에서 흘러나왔고 우리의 지난 시간과 그런 우리를 지켜봐 준 시선들이 하나의 동영상으로 연결되어 있었다. 눈물바다를 만들 생각은 아니었지만, 모두가 빨개진 눈을 하고도 웃으며 '고생했다'고 그렇게 서로를 안아주고 있었다. 고리타분한 어른들의 잣대에 비록 제빛을 보진 못했지만 그럼에도 누구보다 환히 빛난 열정이었다.

그날 무대 위에서 느낀 환호와 희열. 또 마음속 슬픔을 거둘 수 있게 해 주었던 감동. 그것은 사진 속 그날의 우리가 우리 모두에게 전한 따뜻한 위로와 응원으로 기억되고 있다.

고작 술에
무너지지 말자

늦게까지 이어지던 업무를 마치고 터덜터덜 계단을 올라 지하철에 몸을 실으니, 시계는 밤 10시 45분을 가리키고 있었다. 열차 안에는 술 한잔 기울인 듯 붉은 볼을 한 채 귀가하는 젊은 친구들로 가득했다. 코로나로 인해 가게 영업시간이 23시까지로 제한되던 때였다. 사람들과 만날 때면 '빨리 모여.', '얼른 먹어.', '이제 가자.' 하는 말이 수시로 튀어나왔다. 피곤함을 가득 안고 탄 지하철이었지만 마스크를 뚫고 들어오는 진한 알코올 냄새에 몽롱하던 정신이 콕콕 찔리는 듯했다. 밤 11시가 다 된 시간에도 바글바글한 1호선 열차와 시끌벅적한 에너지를 보고 있으니 문득 그런 생각이 들었다.

"다들 파이팅 넘치네. 한 스물? 스물하나? 좋을 때지. 나도 저랬으려나? 하긴, 나도 저랬지."

그중에서도 단연 시선이 멈춰지던 친구들이 있었다. 몸을 제대로 가누지 못해 의자에 털썩 걸터앉아 있는 두 여학생과 그런 친구들의 숄더백을 엑스자로 메고 있던 한 남학생이었다. 몸을 흐느적거리면서도 뭐가 그렇게 즐거운지 연신 쫑알쫑알하며 웃음꽃을 피우는 세 사람에게 자꾸만 힐끗힐끗 눈길이 갔다.

"누가 이렇게 치마를 짧은 걸 입어서! 술 먹고 감당도 못 할 길이를! 다리 꼬지 마. 다 보이잖아."
"안 보여. 괜찮아. 속바지 입었어."

"아! 나 핸드폰 없다아! 가방도 없다아!"
"여기 있다. 여기 있어. 다 내가 챙겼다. 걱정 말고 조용히 있어. 사람많아. 조용히 좀 해."

"나는! 나도 가방 없다! 핸드폰은? 아? 핸드폰은 여기 있네. 헤헤."
"아오. 주머니에 넣어. 떨어트리면 액정 깨진다. 내일 후회하지 말고. 진짜!"

소지품을 잃어버리지 않게 챙겨주고, 옷매무새가 흐트러지지 않게 여며주고, 그러면서도 늘어지는 말 하나하나에 대답을 해주고 있는 걸 보니 '참 인내심이 대단한 친구구나.' 하는 생각이 들었다. '어휴.' 하는 한숨을 내쉬면서도 얼큰히 취한 두 친구를 끝까지 챙기던 이를 보고 있으니 우리의 '바래다주미'들의 얼굴이 머릿속에 떠올랐다.

20대 초반, 성인이라는 핑계로 무서운 거 없이 먹고 마시던 친구들 사이에서도 늘 늦게까지 남아 안전 귀가를 책임져 주던 바래다주미는 집까지 바래다준다하여 붙여진 이름이었다. 내 주위엔 많은 바래다주미가 있었다. 하나같이 술이 강한 친구들이었고, 그에 못지않게 책임감도 강했으며, 늘 모난 점 없이 둥글둥글한 성격으로 누구에게나, 또 어떤 대화 주제에도 잘 어울리던 녀석들이었다. 말이 통하지 않거나 축 늘어져버린 취한 녀석들을 귀찮아하면서도, 욕을 한가득 뱉으면서도 끝끝내 집까지 데려다 놓고는 새벽 늦은 시간에서야 귀가를 마치던 녀석들이었다. 나역시 그런 바래다주미의 도움을 받은 날이 있었기에 지하철 의자에 반쯤 누운 채로 있는 여자 친구들의 즐거운 기분이 뭔지 느껴지면서도 동시에 바래다주미를 하는 저 친구의 심정이 마음속에서 뒤섞여 괜히 미안한 마음이 들었다.

"우리 바래다주미들 뭐 하고 있나. 갑자기 보고 싶네."

세 친구는 나와 같은 역에서 하차를 했다. 길게 늘어진 계단에 '이 친구들이 괜찮을까' 싶어 일부러 발걸음을 늦추며 한 칸 한 칸 걸음을 옮겼다. 오가는 대화를 들어보니 남학생은 지하철로 두세 정류장을 더 가야 하는 듯했다.

"너는 왜 여기서 내렸어?"

"내가 묻고 싶다. 이 자식들아. 걷지도 못하는데 너네끼리 어떻게 가려고."

"갈 수 있지이! 그럼! 잘 갈 수 있지이이."

"됐어. 가. 택시타서 너네 내려주고 나 가면 돼."

이리쿵저리쿵, 계단을 오르며 부딪치고 넘어지면서도 끊이지 않는 웃음소리였다. 걷다가 그대로 주저앉아도 잔뜩 신이 나 보이는 두 취객과 걱정 가득한 바래다주미의 표정에 늦은 시간이었음에도 귀가를 서두르지 않을 만큼, 세 친구에게 마음이 머무르고 있었다. 저 친구는 어쩌다 바래다주미가 되었을까. 더 이상 술을 즐기지 않게 된 20대 중반, 맨 정신에 술 취한 친구들과 어울리려니 여간 피곤한 일이 아니라는 것을 알게 됐다. 맑은 정신으로 알코올 냄새 가득한 현장을 보고 있자니 제3자의 입장에서 앞으로 이어질 바래다주미의 노고에 한숨이 지어졌다.

"혼자 집에 갈 수 있을 만큼만 먹어! 오늘은 바래다주미 못 하게 할 거야. 집에 알아서들 가."

"그래. 너네도 자꾸 챙기지 마. 술 먹고 인사불성 되고 기억 못 하는데도 집에 안전하게 잘 가고, 눈뜨면 집이고 하니까 매번 제 주량도 못 이기고 더 먹지. 버릇 들어, 하지 마. 이것들이 데려다주미 믿고서 자제를 안 해."

단호하게 이야기했지만 크게 바뀌는 건 없었다. 악마는 바쁠 때 자신을 대신해서 술을 보낸다고 했다. 시간도 돈도, 그리고 정신력도 배로 소요되는 바래다주미의 노고는 늘 '지난밤 과음으로 어떻게 된 건지 기억이 안 난다.'라는 이유로 새까맣게 묻히곤 했다.

"바래다주미가 있으니까 괜찮아. 마셔 마셔."

"하지 마. 진짜 하지 마. 길바닥에서 자든, 눈 떠보니 경찰서든, 여기가 어딘지 모르겠다 하든. 지갑이건 핸드폰이건 다 잃어버리든 내버려 둬서 호되게 당해봐야 이렇게 술 안 먹지. 바래다주미고 뭐고 할 생각 말고 너네도 집에 일찍 가라니까?"

"저 자식들 문 앞에라도 던져놓고 가야 그래도 마음이 편해. 아휴. 지지방구들!"

한 살, 두 살. 나이가 더 들어서도 녀석들의 마음 씀씀이는 늘 한결같았다. 버스 막차가 택시로, 택시가 술 안 먹은 녀석의 자차로, 자차가 대리 기사님으로 점점 그 몸집만 바뀌었을 뿐, 바래다주미의 귀가 서비스는 서른이 넘은 지금에도 이따금씩 이어지고 있다.

　잘 들어갔는지 모를 걱정스러운 마음보단 자신이 수고스러운 게 차라리 마음 편하다고 말하는 이들이었다. 눈에 훤히 보이는 고생을 외면하지 않고 자신을 희생하면서도 주위를 챙기는 사람들이 우리 곁에 있다. 하지 말라고 말리는 나란 사람조차도 때론 바래다주미의 짐 덩어리로, 또 짐 덩어리의 바래다주미로 보낸 시간이 있다. 호의는 결코 당연한 것이거나 마땅히 해야 하는 것이 아니다. 중요한 건 친하다는 이유로 이런 행동이 반복되지 않도록 하는 데 있다. 기억이 나지 않는다며 배려를 흘려보내지 말고, 즐겁다는 이유로 제 주량을 넘어서지 말고, 부디 탈 없이 안전하게 귀가할 수 있음에 감사를 전하자.

　이제는 부디 '바래다주미'의 역할이 필요치 않아 사라질 수 있도록, 겨우 술로 인해 스스로가 누군가에게 거대한 짐이 되지 않도록 주의하자.

이별을 준비하는
최선의 방법

웃음소리 가득한 쉬는 시간이었다. 교실의 분위기를 바꿔놓은 한 통의 전화에 나는 눈물을 뒤집어쓴 채 굳어버렸고, 친구들은 허둥지둥 내 책가방을 챙겨주며 얼른 가라고 등을 토닥였다.

떨리는 목소리로 말을 시작한 엄마는 할아버지가 사고를 당하셨다고 했다. '얼마나 다치셨냐?', '많이 다치셨냐?' 하는 물음에도 말을 잇지 못했다. 돌아가셨다며 겨우 꺼낸 그 말이 왜 그렇게 믿기지 않던지, 거짓말 같은 순간이 있다면 지금이라고 생각했다. 고등학교 2학년, 나는 그렇게 할아버지와 갑작스러운 이별을 하게 됐다.

'이번 주말엔 어린이날이 붙어 있어서 3일을 연달아 쉬니까 할아버지
네 가 있어야지.' 했던 나의 계획은 공휴일이 하루 붙은 3일장이 되어버
리고 말았다. 병원으로 향하는 차 안에서도 쉽사리 마음이 진정되지 않
아 울부짖었다. 그럴 리 없다고 내내 소리를 지르며 나 자신을 괴롭혔지
만 그런다고 바뀌는 것은 아무것도 없었다. 아빠는 묵묵히 운전대를 잡
고 있을 뿐이었다. 병원에 도착하니 구조사는 고인의 신원을 확인해야
한다며 절차를 안내했다. 동시에, 염을 위한 준비를 했음에도 충격이 크
실 거 같다며, 가족 중 최소한의 인원만 들어와 고인이 맞는지를 확인하
시는 게 좋을 거 같다는 말을 덧붙였다. 이게 진짜 할아버지와의 마지막
인사라면 나도 들어가겠다고 떼를 썼지만, 병원 사람들도, 가족들도 모
두 감당할 수 없을 거라며 나를 말렸다.

"왜! 이제 할아버지 못 보는 거잖아. 그럼 내가 볼 수 있는 할아버지 마
지막 모습이잖아. 왜 못 보게 하는데. 우리 할아버진데! 왜 못 들어가는
데. 내가 알아서 할게. 충격 안 받을 테니까 나도 들여보내 달라고! 왜!"

나이가 조금 더 먹을 때까지도 나는 할아버지의 마지막 모습을 보지
못하게 한 어른들을 한 없이 원망하며 살았다. 가슴에 한이 맺힌다는 건

이런 걸 말하겠구나 싶을 정도로 그 순간이 떠오를 때면 그날 그 자리에 있던 어른들에 대한 원망이 치밀어 오르곤 했다.

　지금 느끼는 이 슬픔도 이미 내가 감당할 수 있는 수준을 넘어섰으니 더는 감당 못 할 슬픔이란 건 없다고 믿었다. 장례가 치러지는 3일 내내 단 1분 1초도 잠들지 못했다. 사무치게 아프고 슬프다면서 본능에 따라 잠을 청한다는 건 모순적이라고 여겼다. 3일 동안 한숨도 자지 않고도 사람이 버틸 수 있다는 것을 처음으로 알게 된 순간이었다. 영정사진 옆에 앉아 누가 오거나 말거나, 오로지 눈에 들어오는 할아버지의 영정사진에 중얼중얼 이야기를 하며 멍하니 눈물만 흘렸다. 손으로 살짝 건드리면 몸이 부스러질 것만 같았다. '밥을 먹어야 기운이 난다.', '그래야 슬퍼할 수도 있다.' 하는 어른들의 말에도 고개만 끄덕였다. 어릴 적부터 유독 많은 것을 함께해 왔기에 더 애틋하고 유대가 깊던 할아버지였다. 그래서 내가 겪는 상실감이 너무나도 컸다. 가슴이 뻥 뚫린 듯한 공허함이었다. 조문을 오는 사람들의 발길이 끊기고, 모두가 잠든 새벽이면 나는 할아버지와 정면으로 마주 앉아 이야기를 나눴다.

　"할아버지, 우리 이제 진짜 못 봐? 나 할아버지랑 못 놀아? 맨날 와서 우리 할아버지 귀 파드려야 하는데. 나 할아버지가 나비야, 나비야 하는 목소리가 지금도 들려. 믿고 싶지 않아. 할아버지 목소리가 들린단 말이야."

그렇게 밤낮으로 울었다. 눈물이라는 건 참 신기했다. 아무것도 먹지 않고 내내 울기만 하니 나중에는 눈물이 말라 한 방울도 흘러나오지 않았다. 지금도 할아버지를 생각하면 '나비야.' 부르며 당신이 드시던 밥 한 숟갈이라도 마당으로 던져주시던 할아버지의 모습과 목소리가 생생하게 떠오른다. 그렇게 또 왈칵 눈물이 쏟아진다.

장례를 마치고 할아버지 댁으로 돌아왔다. 믿고 싶지 않은 이별이지만 받아들여야만 하는 현실이기도 했다. 18살의 내가 감당하기엔 인생을 논할 만큼의 큰 고통이었다. '회자정리'라는 말을 어르신들이 알려주셨다. 만남이 있으면 반드시 이별이 있고, 그러면서도 또다시 만나고 할 테니 너무 슬퍼하지 말라고 했다.

"이렇게 갑자기 사라져 버리는 게 사람 목숨인데, 이게 인간인데, 우리는 왜 열심히 살아야 하는 걸까?"

그런 생각들이 머리를 채우기 시작했다. 더 이상 걸을 힘도 없어 마당 한가운데 주저앉아 있으니 사람 꼴이 아니라며 보는 사람마다 '얼른 자, 이러다가는 너도 쓰러져.' 하는 이야기를 했다. 가만히 앉아 있으니 식구들의 말소리가 점점 흐릿하게 들려왔다. 팅팅 부은 눈은 앞을 보기가 어려울 만큼 무겁게 내려앉았다. 이젠 이 두 눈두덩이를 들만큼의 힘도 남아 있지 않았다.

"세수를 좀 해야겠어."

3일 동안 말문을 닫고 있던 내가 내뱉은 첫 마디였다. 시골집 마당 한 편엔 개울이라고 부르는 지하수 수도꼭지가 하나 있었다. 네발로 기어가 듯 겨우 개울 턱에 올라앉은 순간이었다. 수도꼭지를 한 바퀴 돌리는 동 시에 물이 왈칵 쏟아지는 그 순간 등골이 오싹해져 왔다. 머리끝부터 발 끝까지 온몸을 감싸는 거대한 서늘함과 소름, 그리고 엄청난 두려움이 심장을 압박하는 기분이었다. 태어나 처음 겪어 보는 강한 한기였지만 무슨 이유에선지 나는 그 순간 '할아버지가 왔다.'는 생각을 했다.

"할아버지가 뒤에 있어. 근데 너무 무서워서 몸을 못 돌리겠어."

그렇게 보고 싶던 할아버지인데, 정작 돌아가신 할아버지가 뒤에 있다는 믿기지 않는 생각과 소름은 공포심으로 다가왔다. 뻣뻣하게 굳은 몸과 서늘 함은 끝끝내 고개를 돌려보지 못하게 했다. 곧 온몸에 느껴지던 한기가 서 서히 가시기 시작했다. 그제야 슬며시 뒤를 돌아보았지만, 마당엔 식구들 외엔 아무것도 볼 수가 없었다. 이젠 더 이상 마주할 수 없는 할아버지라는 걸 알면서도, 진짜 볼 수 없다는 그 허망함이 다시 한번 나를 괴롭게 했다.

물에 젖어 있는 개울 바닥에 털썩 주저앉은 채로 서럽게 울다가 그대로 쓰러져 버렸다. 식구들은 기절한 나를 방으로 옮겼고 그렇게 이틀 내내, 미동도 없이 잠을 자더라고 했다. 눈을 뜨고 나니 진짜 이별이 찾아왔다. 여전히 믿어지진 않지만 받아들여야 했다. 알면서도 나는 귓가에서 떠나지 않는 당신의 '나비야.' 세 글자에 10년이 지난 지금도 그리움에 눈물을 흘린다. 왜 할아버지와 마지막 인사를 나누지 못하게 했는지, 조금 더 어른이 된 지금은 당시 아빠와 삼촌의 선택을 이해하고 존중한다. 살아생전 당신의 좋은 모습만 기억하기를 바랐던 어른들의 결정이자 죽음과 이별이 낯선 아이에게 어른들이 할 수 있는 최선의 방법이었던 것을 뒤늦게야 깨달았다.

짜증 섞인 원망에도 묵묵히 시간을 보내준 사람들.
그 희생 덕분에 나는 당신의 웃는 모습만을 기억하며 살고 있다.

미래를
그려나가다

욜로(YOLO. You only live once). 인생은 오직 한 번뿐이기에 미래를
위한 희생보단 현재 자신의 행복을 위해 소비하는 라이프스타일.

경제관념이 없었다. 그렇다고 부모님께 손을 벌리진 않았다. 고등학교
를 졸업한 직후부터 방학, 명절, 주말할 거 없이 시간이 날 때마다 단기
아르바이트를 해 용돈을 벌었다.

다만 저축할 줄 모르는 하루살이였다. 계획적인 소비를 할 줄 몰랐고
하고 싶은 걸 참아가며 용돈을 아껴 써야 하는 이유를 알지 못했다.

"오늘 죽을지 내일 죽을지 모르는데, 왜 돈을 모아야 해? 나는 오늘을 위해서 살래."

"얘는 정말 지갑에 천만 원이 있어도 하루에 다 쓰고 들어올 애야."

엄마는 나를 그렇게 표현하곤 했다. 큰돈은 아니었지만 내가 번 돈으로 먹고 싶은 거, 사고 싶은 거 사며 내 앞가림은 하니 경제적 독립을 이루었다고 생각하며 살았다. 내일이 없는 나였지만 모순적이게도 나에겐 여행이라는 내일이 있었다. 해외여행을 떠나는 것이 가장 즐거운 취미이자 활력이었다. 우리나라와는 다른 분위기와 문화가 주는 낯선 느낌이 좋았다. 여행 준비를 할 때면 엑셀을 켜고 하나하나, 분 단위까지 쪼개 일정을 써 내려가던 나는 그렇게 다음 여행을 준비할 때가 되어야 다시 또 내일을 그리곤 했다. 틈틈이 아르바이트를 했고 자잘한 소비를 줄여 통장을 채웠다. 비행기 표와 숙식을 포함해 이번 여행에서 쓰일 전체 경비를 계산해 본 후 일단 비행기 티켓을 발권했다. 그렇게 '취소란 없다!'는 스스로와의 약속을 지키기 위해 저축을 할 수밖에 없는 상황을 만들어 최대의 여행경비를 마련했다. 20살 중반이 되어서도 오늘을 즐기는 하루살이라며 기존과 별다를 거 없는 경제관념으로 살아왔다. 아예 한 푼도 모으지 않았던 것은 아니다. 식구들 건강에 이상이 생겨 급하게 큰돈이 나가야 할 때가 있다면 다행히 보탤 수 있는 딱 그만큼의 현금이 내게 있었다. 그럼에도 돈을 모아야 한다는 욕심이 들지 않았다. 지금 누리고 있는 이만한 행복이면 그것만으로도 충분했다. 그러다 현재의 행복보다 노년의 삶이 더 행복하길 바라는 친구를 만났다. 나는 만족스러운 오늘이 있지만 내일은 없었고, 친구에겐 내일은 모르겠지만 편안한 노후가 준비되어 있었다.

"내일이 없는데 60세를 준비해서 뭐해? 연금저축, 노후상품 그런 거 다 60살까지 살아야 나오는 거라며?"

"응, 나이 들고 돈이 없을 때를 대비해서 지금 버는 걸 그때 쓸 수 있게 다 넣어두는 거야."

"근데 30대, 40대, 50대에 쓸 돈을 안 남겨놓고 다 저 먼 미래에 넣으면 어떡해?"

그 친구와 나는 경제관념이 달랐고 저축을 하는 방식에도 차이가 있었다. 그렇지만 미래를, 그것도 보다 더 멀게만 느껴지는 40년 후를 준비하고 있다는 그의 경제관념은 내게 적잖은 영향과 생각의 변화를 가져다주었다.

"내가 너무 하루살이인가? 맨날 말로는 오늘 죽을지, 내일 죽을지 모른다고 하는데 그러다 장수노인이 되면 나는 모아놓은 게 없어서 80살에도 일을 해야 하는 거잖아?"

"그래서 노후대비를 하는 거야. 보험처럼 혹시 모르니까 하는 이유로."

20대 후반이 되어서야 난생처음 적금과 청약통장이란 걸 만들었다. 한 푼 두 푼 쌓이는 통장의 돈이 신기했다. '나도 돈을 모을 수 있는 사람이었구나.' 하는 뿌듯함이 들었다. 하지만 역시 일정 금액이 모이면 어쩜 그렇게 큰돈 필요한 일이 자꾸만 생기는 건지, 세상을 살아가려면 '현금으로 500만 원은 들고 있어야 한다는 걸 의미하는 건가?' 싶었다. 다행인 건 저축의 필요성을 느끼고 난 이후라 그런지 한순간에 0이 된 통장 잔액을 또다시 조금조금 채워나갈 수 있는 사람으로 성장했다는 사실이었다.

돌이켜보면 하루살이 치고는 주어진 하루를 참 열심히 살았다. '욜로, 욜로 하다가 골로 가는 거야.'라는 말을 들을 때면 '그럴 순 없지.' 하며 스스로를 다잡았다. 제로에 가까운 경제관념을 끌어올려 주기 위해 옆에서 끊임없이 조언을 해준 사람들 덕분에 변화할 수 있던 날들이었다. 일복이 참 많은 사람이지만 그만큼 성과가 따라오는 사람이었다. 늘 바쁘고 정신없이 움직이면 금세 채워지던 하루살이의 지갑이었다. 덕분에 욜로였던 시기에도 골로 가는 일 없이 살 수 있었다. 이제는 서툴지만 미래를 그리며 살아간다.

"나는 돈을 모으는 게 먼저여서 쓰지 못하고 쩔쩔매는 20대를 보냈어.

그래서 여태 여권도 없고. 이제야 한숨 돌리며 일을 할 수 있어서 나를 위한 시간을 보내보고 싶은데 시간을 내기도 어렵고, 겁이 나서 못 하겠어. 어릴 때 이곳저곳 많이 다녀본 승희가 참 부러워."

"뭘 부러워. 펑펑 쓰고만 다녀서 개뿔도 없는데. 그때 좀 덜 놀고 모아 놨어야 너처럼 탄탄한 30대가 되는 거야."

"아니야, 어른들이 그러잖아. 20대 때 노는 거랑 나이 먹고 노는 거랑 다르다고. 그 말이 뭔지 알겠더라. 좀 덜 벌고 해도 그때 놀았어야 해."

누군가는 욜로가 마음 편할 것이고, 또 누군가는 미래를 준비해 두는 것이 더 마음 편한 일일 수 있다. 스스로를 책임질 수 있는 선에서, 저마다의 가치관에 따라 움직이면 된다. 누군가 당신에게 '왜 미래를 준비하지 않느냐?' 혹은 '그렇게 살아서 어떡하려고 그러니?'라고 손가락질해도 그런 생활방식이 나 자신에게 부끄럽지 않다면, 또 다른 누군가에게 부담을 안기고 있는 일이 아니라면 굴하지 말자. 나를 위해 사는 인생, 내가 하고 싶은 대로, 내게 주어진 인생의 시간을 마음껏 누리자.

내가 원하는 가치에 시간과 돈을 투자하는 것.
그것이 한 번뿐인, 하나뿐인 내 삶을 위한 일이니까 말이다.

지나고서야
보이는 것들

출근 전 새벽시간, 아침 운동을 하고 길을 나서면 하루를 상쾌하게 시작하는 기분이라 좋았다. 그런 내게, 해가 늦게 뜨는 겨울은 차가운 공기만큼이나 움직임이 얼어붙는 계절이었다. 새벽 5시면 자연스럽게 떠지던 눈은 아침 7시가 되도록 밝아지지 않는 하늘에 떠질 줄 몰랐다. 연신 울리는 알람에도 이불을 돌돌 말은 채 '5분만', '10분만'을 외치다가 이내 '아침 운동 포기'라며 출근 준비 직전까지 잠을 택했다. 매일 10명 남짓 되는 부지런한 사람들과 인사를 나누던 아침 헬스장을 뒤로하고, 퇴근 후 그곳을 찾을 때면 북적거리는 공간에 일찍 일어나지 못한 나를 반성하게 됐다. 하지만 다음날도, 다다음날도, 나는 새벽같이 움직이질 못했다. 아침잠과 싸워 이기지 못했다는 자책을 멈추고 겨울엔 '조금 붐비더라도 퇴근 후 운동을 해야겠다.'라고 마음을 먹었다.

운동을 끝내고 나오면 밤 10시 정도가 됐다. 이 시간에 집에 가려고 하면 지하 주차장 안팎으로 안전등을 켜고 정차해 있는 차량 행렬을 볼 수 있었다. 빠져나가기가 어려울 만큼 주차장과 거리를 가득 메우고 있는 차량들에 '이게 무슨 일인가' 싶어 마냥 어리둥절해했다. 건물의 무료주차는 3시간이었다. 15분 전에 나와 출차를 하면 여유 있게 주차장을 빠져나올 수 있을 거라 생각했다. 하지만 늘어서 있는 차량 행렬에 출차가 막히면서 초과된 시간만큼 주차비를 무는 일이 반복되기 시작했다. 탈의실의 시계가 10시에 가까워질 때마다 마음이 조급해졌다. '10시 만은 피하자. 주차 지옥에 갇히면 못 나가. 얼른 씻고 나가자!', '망했다. 갇히겠네. 오늘도 주차비 내겠네.' 하는 생각이 반복되는 저녁이었다.

헬스장 건물에는 여러 층에 걸쳐 유명 보습학원이 들어와 있었다. 그 시간이면 대다수 아이들의 수업이 끝나는 건지 엘리베이터에는 빨간 만원 표시가 꺼질 줄 몰랐다. 일대를 가득 둘러싸고 있는 차량 행렬은 이 아이들을 태우러 온 학부모들이었다. 평일 밤마다 벌어지는 상황을 피해보려했지만, 퇴근 직후 향하는 헬스장은 꼭 중·고등학생들의 귀가 지옥과 엮이는 것으로 마무리가 됐다. '참 정성이다.' 싶으면서도 하나 같이 극성맞은 부모들만 모였다고 생각했다. 이곳이 일대에선 규모가 크고 잘나간다고 하는 학원이기 때문에 차로 데리러 오갈 만큼 먼 거리에서 학원을 보내는 건지, 아직 다음 일정이 남아 있어 시간을 단축하기 위해 오는 건지, 그것도 아니면 늦은 시간이기에 걱정이 돼서 오는 건지. 부모들의 행동을 이해하기 위해 출차를 기다리며 다양한 이유를 떠올려봤다. 처음엔 무질서한 듯, 뒤섞여 있는 차량들이 눈엣가시처럼 보였다. 2주가량 같은 상황을 겪다 보니 나도 그 광경이 익숙해진 건지 제 덩치만 한 가방을 멘 채 터덜터덜 차에 오르는 아이들이 눈에 들어오기 시작했다. 참 치열한 세상에 살고 있다는 게 느껴짐과 동시에, '나도 저랬나.' 하는 생각이 들었다.

부모님은 단 한 번도 '공부 좀 해라.', '성적표를 가져와봐라.' 하는 말을 한 적이 없다. 대신 '네 인생이니까 네가 알아서 해.', '생각해 보고 필요하면 이야기해.'라는 말을 줄곧 했다. 무관심한 엄마처럼 보이는 그 말에 잠시 잠깐 '우리 엄마는 지극정성을 보인 적이 없어.'라고 중얼거리며 눈앞에 보이는 부모들의 행렬을 극성맞고 이상하게 여겼다. 그러다 문득 학창 시절 쉴 새 없이 학교를 오가던 엄마의 모습과 함께 빨간 3단 찬합이 머릿속을 스쳐 지나갔다.

"아… 우리 엄마도 극성 엄마였구나."

엄마는 나를 직접 쫓아다니진 않았지만 다른 방법으로 나름의 관심과 지원을 아끼지 않았다. 날이 더우면 반 아이들의 머릿수대로 아이스크림을 사서 쓱 건네주고 갔고, 학교 행사가 있는 날이면 재밌게 즐기라며 햄버거세트나 피자를 주문해 주는 학부모였다. 학부모들의 도움이 필요할 때면 친한 엄마들끼리 힘을 보태 학교행사에 참여할 만큼, 신경 쓰지 않는 척 극성을 표현하는 사람이었다. 소풍을 가는 날이면 엄마는 늘 내가 먹을 도시락과 함께 네모난 3단 찬합을 꺼내 유부초밥과 과일꼬치를 챙겨 선생님들의 도시락을 만들었다. 내 편에 넣은 김밥 한 통은 도시락을 안 싸 온 친구를 위한 거였는데, 친하지 않더라도 치사하게 먹는 거로 그러지 말고 함께 나눠 먹으라며 쥐여주는 또 다른 도시락이었다. 학년이 바뀌고 담임이 바뀌어도, 엄마가 선생님의 도시락을 챙기는 것이 자연스러운 일이 된 건가 싶던 어느 날이었다.

"승희야, 엄마한테 선생님은 김밥에 오이 들어가는 거 싫으니까 빼고 싸달라고 말씀드려. 알겠지?"

보통의 선생님들처럼 '혹시 이번에도 챙겨주시니?' 하는 물음이 아니었다. 너무나도 당연한 듯이 이야기하는 선생님이 어딘가 이상하고 얄미워 보였다. 그날 저녁, 김밥 재료부터 과일까지 한가득 장을 봐온 엄마에게 '엄마, 이제 선생님 거 싸주시 마. 나 빨간통 안 들고 갈래. 내 거만 싸줘'

하는 이야기를 했다.

엄마는 더 이상 이유를 묻지 않았다. 여전히 학급 아이들을 위해서는 수시로 간식을 사다 주고 사라지던 엄마였지만 괜한 투정을 부리는 듯한 내 말투에 그날 이후 엄마가 3단 찬합을 꺼내는 일은 없었다. 잊고 살던 지난날의 조각을 하나 떠올리고 나니 극성이란 단어의 이면에는 애정이 숨어 있다는 것을 깨달았다. 출차를 못 하게 막는 진상 학부모들로만 보이던 이 상황이, 수많은 부모들의 희생으로 보이기 시작했다. 그렇게 생각은 꼬리에 꼬리를 물며 나를 점점 더 과거로 데리고 갔다. 자영업을 하다 보니 직장인 아빠들보다는 시간을 내기가 조금 더 자유로웠던 아빠는 늘 나와 친구들의 운전기사가 되어 어디든 데려다주곤 했다. 소풍을 가는 날에도, 친구들끼리 놀러 가는 날에도, 아빠는 그게 비록 강원도 산속의 스키장일지라도 태워다 주고 태우러 오는 수고스러움을 감수했다.

대학에 가서도 아빠는 나만 보면 늘 '밥은 잘 챙겨 먹고 있어?', '돈은 있어?' 하며 주머니 사정을 물어보기 바빴다. 그런 생각이 하나둘씩 떠오르기 시작하니 부모의 아낌없는 지원과 뒷바라지 속에 아쉬울 거 없이 자란 내가, 눈앞에 있는 부모들의 행렬을 극성이라고 치부하고 있다는 게 참 우스웠다. 느닷없이 떠오른 내 부모의 지난 희생이 참으로 감사하게 느껴지는 순간이었다.

"하긴, 우리 엄마 아빠도 나 엄청 따라다녔네. 나도 징글징글하게 뒷바라지 받고 자랐는데 누가 누굴 극성이라 욕하고 있냐."

그날 이후, 10시를 가리키는 시곗바늘에도 마음의 조급함이나 까칠함을 느끼기보단 '내가 조금 더 빨리 준비해 여유 있게 나가자.' 하는 계획을 세우게 됐다. 엘리베이터를 꽉 채운 아이들의 모습을 보면서도 짜증을 내기보단 그들이 하는 대화소리를 듣기 시작했다. 이제 곧바로 바이올린 학원에 가야 하는 아이, 독서실에 가서 공부를 마무리해야 하는 아이, 너무 힘들어서 오늘은 집으로 바로 가는 걸 허락받았다는 아이까지 자신의 다음 일정을 나누던 학생들이었다. 이제 막 초등학생이라는 껍데기를 벗고 10대 청소년에 접어든 아이들이지만 성인만큼이나 가득 채워진 하루와 무겁게 늘어진 어깨를 보며 이런저런 생각이 들었다.

그동안 당연하게 누려온 것에 감사와 반성을 떠올린 시간.
내가 부모여도 극성이라고 보일 만한 희생을 과연 할 수 있을까?
생각만으로도 이렇게 마음이 무거워지는데 말이다.

충동적인 마음과
싸우다

매주 새벽 기차에 올라 한복 원단을 떼오던 일상이 계속되는 반대에 부딪혀 서서히 막을 내릴 때쯤이었다. 외출을 했다 집에 들어올 때면 주섬주섬 신발을 벗음과 동시에 '아, 나 이대로 베란다로 나갈까?' 하는 위험한 생각이 들었던 때가 있었다. 순간적으로 그런 생각을 떠올린 스스로가 무서웠고, 동시에 충동적인 생각이 현실로 벌어지게 될까 겁이 나 금주를 하기 시작했다.

"나 술 끊었어. 블랙아웃이 심해서. 뇌세포는 한 번 죽으면 안 돌아 온 대. 남은 거라도 지켜야 하니까 나한테 술 권하지 마. 나 진짜 안 마셔."

주변 사람들에게 금주를 하겠다고 밝힌 표면적인 이유는 블랙아웃이었다. 하지만 나만 알고 있는 진짜 이유는 오직 하나, 술에 취한 나를 감당할 자신이 없어서였다. 충동을 제어하지 못하면 생길 일이 무엇인지 잘 알기에 그 사실이 너무나도 두려웠다. 삶을 포기하고 싶진 않았지만 여전히 부모에게 인정받지 못한다는 느낌이 강했다. 자기 사업을 한다는 건 직장인처럼 안정적이고 고정된 수입 활동을 하는 게 아니다 보니 언제까지 내가 하고 싶은 일이라며 마냥 고집을 세울 수도 없는 노릇이었다. 시간이 얼마가 됐든 결과를 보이기 위해 버티고 싶었지만, 현실적인 방향을 찾아야 했다.

백패킹을 즐기던 배낭에 짐을 싸 들고나와 인천항으로 향했다. '섬에 들어가 마냥 걷다 보면 생각이 정리되지 않을까?', '텐트를 치고 멍하니 앉아 있다 보면 답을 찾을 수 있겠지?'라고 생각했다. 커다란 배편 안내도를 보며 '어디로 가야 하나.' 고민을 하다가 1시간 정도 배를 타고 들어가야 한다는 장봉도행 승선권을 끊었다. 생각해 보면 어떻게 해야 하는지 결과는 이미 나와 있었지만 문제는 그 선택을 받아들이는 내 마음가짐에 있었다. 대학을 다니면서도 독일 유학이 가고 싶다며 2년간 휴학을 했던 나였기에 남들보다 졸업도 취업도 그만큼 늦은 상황이었다. 외할아버지는 '우리 손녀딸이 졸업도 안 하고 계속 대학생인 걸 보니 아무래도 의대를 다니는 거 같다.'는 농담을 한 번씩 던질 정도였다.

2박 3일이란 시간 동안 노을 지는 해변에서 먹고 자고를 하며 앞으로의 내가 어떻게 해야 하는지에 대해 고민을 했다. 수백 가지의 시나리오를 그렸고 또 하나씩 지워나가길 반복했다. 집을 나서기 전, 짐을 챙기면서도 알고 있던 결론이 마치 대단한 해결책인 것처럼 나를 기다리고 있었다.

"일단 취업을 하고, 퇴근 후에 한복을 만들고. 원단은 주말에 떼러 가고. 그렇게 좀 버티다가 사업이 자리를 잡으면 회사는 때려치우고! 다시 한복 사업에 집중하고. 됐네. 정리 끝났네."

마음속 충동과 수없이 싸우던 나는 하던 것들을 잠시 멈추고 취업 준비를 시작하기로 마음을 먹은 채 조금은 홀가분하게 집으로 돌아왔다. 취업사이트에 들어가 이력서를 쓰면서도 '부모가 원하는 게 취업이라면 내가 어디든 하나 들어간다.', '그럼 집 근처가 가깝고 좋겠네.'라고 생각했다. 더 알아볼 것도 없이 지역 채용공고를 둘러보다가 적당해 보이는 곳에 지원 서류를 넣었다. 서류 합격과 발표 면접, 최종 합격까지 두 달이 채 걸리지 않았다.

'수원시통합정신건강센터' 무슨 일을 하는 기관인지는 모르겠으나 홍보직원을 뽑는다고 했다. '본 기관의 홍보 현황과 발전방안을 PPT 발표로 준비해 오세요.' 하는 것이 2차 면접 과제였다. 홍보는 전공 분야이기도 했고, 프레젠테이션을 어려워하지 않는다며 대학에서 'PT깡패'로 불리던 나였다. 면접 당일 날에도 긴장을 하기보다는 '그냥 어디든 합격하면 되는 거야.'라는 삐뚠 마음을 가지고 있었다. 운이 좋게도, 시간을 더 할애할 필요 없이 처음 이력서를 넣은 곳에서 최종 합격 전화가 왔다며 좋아했다. 그렇게 첫 출근 후 일주일이 흘렀을 때 나는 깨달았다.

"아, 내가 우울증을 겪고 있었구나. 그건 우울증이었구나?"

우울증, 단 한 번도 떠올려본 적 없는 단어였다. 상담 선생님과 야근을 하면서 취업 전에는 어떤 일을 했는지에 대한 이야기를 나누다가 내가 느낀 충동과 감정들이 우울증의 증상이었음을 알게 됐다.

"요즘도 그렇게 느껴?"
"마음을 내려놔서 그런가, 요즘은 그냥 홀가분해요. 일이 바쁘니까 내 사업을 되찾아야겠단 생각도 점점 덜 들고. 일단 회사일이나 잘해보자 싶어요."
"또 그런 생각 들면 참지 말고 병원 가. 아니면 나한테 전화해. 그래도 에너지가 있어서 잘 이겨냈네."

지나고 나서 보니 그 타이밍에 정신건강센터에 이력서를 넣은 건, 취

직을 하게 된 건, 우울증인지도 모른 채 스스로를 몰아붙이던 나를 구해 낸 인생의 타이밍이었다는 생각이 든다.

"참 다행이야. 자기 목숨 살리고도 여럿 또 살리고 있잖아."
"박봉이고 힘들어도 그래서 버티지. 이 일이 아니었으면 몰랐을 테니까. 뭐가 우울증인지, 누가 그런지, 어떻게 힘들어하는지, 뭘 도와줄 수 있는지. 우연이었지만 참 시작하길 잘했구나 싶어."

나를 살린 일이었다. 처음은 그랬다. '봉사활동은 기부로만 할게. 차라리 돈을 더 낼게.'라고 할 만큼 남을 돕는데 서툰 사람이었다. 그로부터 7년이란 시간이 흘렀다. 여전히 바쁘고 정신없는 업무와 싸우지만 나는 변함없이 이 자리에 남아 있다.

"노프로, 늘 고맙고 더 챙겨주지 못해서 미안하고 그래요."
"희생정신이 부족한 사람인데 이렇게 재능기부를 해서라도 삶을 좀 가치 있게 해주시니 제가 더 감사하죠. 언제 또 콩나물밴드(정신장애 당사자밴드) 뮤비를 만들어보겠습니까. 저한테는 별거 아닌 일이니까 괜히 어디 가서 큰돈 쓰지 말고 영상 만들 일 있음 저한테 말씀하세요."

그렇게 힘들어하는 주변 사람들에게 조금이나마 도움이 되어 다행이라는 사명감이 더해졌다. 연차에 비해, 친구들에 비해 돈을 적게 벌더라도, 이렇게 사람들을 도울 수 있는 삶을 살 수 있다면 내가 조금 덜 쓰면 되니까 그걸로 됐다고 여길 수 있는 여유가 생겼다.

아직도 스쳐 지나가는 많은 사람들이 '어디 다녀? 무슨 일해?' 하는 질문에 '정신건강복지센터요.'라고 답하면 그게 뭐냐며 어리둥절해한다. '우울하고 힘들 때 도움받으라고 나라에서 시마다 만들어 놓은 곳이에요. 무료예요.'라고 쉬운 설명을 덧붙이면 너도나도 힘든 점을 토로하며 정확한 위치를 되묻곤 한다. '아직 참 갈 길이 멀다.' 싶은 순간이다. 친한 친구들과 만나는 자리에서, 오늘도 우리는 농담 반 진담 반으로 서로의 안부를 묻는다.

"요즘 별일 없어? 힘든 건 없고?"
"잠은 잘 자고? 밥은 잘 먹고?"
"도움 필요해? 상담 잡아드릴까요? 혼자 참지 말고 개인 톡 주세요."

그런 일상들 속에서, 오늘도 내 몫을 해낸 거 같아 참 다행이라는 생각을 해본다. 나도, 내 사람들도 지켜내고 있는 거니까.

책임의 무게를
깨닫다

인기척이 들리면 늘 격하게 꼬리를 흔들며 문 앞까지 뛰어나오던 강아지. 어릴 적부터 강아지를 키우던 우리 집은 오랜 시간 정들었던 녀석이 무지개다리를 건널 때마다 입버릇처럼 '우리 정 떼기 너무 힘드니까 이제 강아지 키우지 말자.' 하며 이별을 받아들이곤 했다. 집에 돌아와도 꼬리치며 달려오는 이가 없고, 맛있는 걸 먹어도 미안할 만큼 식탁 아래서 빤히 쳐다봐주는 이 없는 적막감은 생각보다 더 큰 공허함으로 다가오곤 했다. 그렇게 사료나 목줄, 배변패드 등이 더 이상 필요치 않게 됐다며 정리한 지 1년여 정도가 되어 갈 때쯤이었다. 당시 중학생이었던 내게 학교 과학 선생님은 '집에 강아지가 새끼를 다섯 마리 낳았는데 혹시 기를 생각이 있냐고 물으시며 사진을 보여주시곤 했다. 두세 차례 이어진 질문에 나는 집에 묻지도 않은 채 덜컥 '암컷 한 마리를 데려가겠다.'라고 약속을 했다. 몇 주 뒤, 선생님과 만나기로 한 주말 아침이었다. 교무실로 향하는 복도는 낑낑거리는 작은 소리가 멀리서부터도 들려오고 있었다. 미끄덩거리는 복도를 종종거리며 돌아다니는 새까만 새끼 강아지 두 마리가 눈에 들어왔다. 데려가기로 한 암컷 강아지와 함께 몇 분 앞서 태어났다는 수컷 강아지가 점점 더 범위를 넓혀가며 복도를 누비는 중이었다. 꽤 덩치 차이가 나 보이는 두 녀석을 만져보기 위해 선생님 옆으로 다가가니, 녀석들은 겁을 먹은 듯 몸을 잔뜩 움츠리는 모습을 보였다. 문득 이 두 녀석을 떨어트리면 안 될 거 같단 생각이 들었다.

"저 두 마리 다 데리고 가도 돼요?"
"혼자보단 둘이 같이 있는 게 낫지."

그렇게 어느 날 갑자기 우리 집으로 오게 된 까만 미니핀 남매였다. 손바닥에 쏙 들어오는 새끼 강아지의 등장에 식구들은 반대를 했다. 정 뗄 때 또다시 힘이 들 텐데 강아지를 키우면 어떡하냐고, 그것도 한 마리도 아니고 두 마리나 데려왔냐며 나무랐다. 어린 마음이었다. 나중보다는 지금 당장, 귀여운 강아지와 함께 살고 싶은 마음이 컸다. 이미 데려왔으니 어쩔 수 없다며 버티던 그날 저녁, 결국 식구들은 두 녀석에게 이름을 지어주고는 사료와 목줄, 밥그릇을 사기 위해 마트로 향했다. 한동안 눈에 보이지 않던 애견용품들이 하나둘씩 다시 집안을 채우기 시작했다.

주둥이가 뾰족하게 생긴 암컷 '휘르'와는 달리 귀가 반으로 접힌 동그란 얼굴을 가졌던 오빠 '뎅뎅'이는 미니핀 답지 않게 토실토실한 몸을 하고 있어 순한 인상이 더 강했다. 짖는 법도 모른 채 사람만 보면 좋다고 하고 꼬리를 치며 따라가던 순둥이였다. 12kg 커다란 덩치에 산책을 나갈 때면 얼마 걷지 않아 힘이든지 드러눕던 탓에 걷는 것보다 안겨 있는 시간이 길었다. 얼굴에 아기 티 가득했던 녀석들과 함께 한 지도 어느덧 14년이 흐른 때였다. 사람 나이로 치면 100살. 강아지 평균수명이 15년이라고 하는 말이 체감되듯 새까맣던 털은 희게 물들어 짙은 회색빛을 보이곤 했다. 시간이 지날수록 눈이 조금씩 탁해진다는 것과 걸음걸이에서 기력이 없다는 게 느껴지곤 했다.

어느 날부터는 입맛을 잃은 건지 밥 먹기를 거부하는 녀석의 상태가 걱정돼 병원을 찾았다가 급성 신부전증 진단을 받게 됐다. 곧바로 치료를 시작했지만 뎅뎅이는 여전히 밥이나 물을 거의 먹지 않으려는 모습을 보였고 며칠 사이 기운도, 살도 급격하게 빠졌다는 게 눈으로 보이기 시작했다. 평생 맞으면 상태 악화를 막을 수 있다던 인슐린 주사였지만, 수의사 선생님은 '급성이었던 만큼 아무래도 이번 달을 넘기기 어려울 거 같으니 미리 마음의 준비를 해두는 게 좋을 거 같다.'는 말을 전했다. 며칠 동안 밤낮으로 병원에서, 또 선생님 댁에서 치료를 받던 뎅뎅이를 데리고 끝내 집으로 돌아왔다. 더 이상 해줄 수 있는 게 아무것도 없었지만 적어도 집에 아무도 없을 때 혼자 외롭게 보내지는 않겠다는 다짐을 했다. 출근을 할 때마다 식구들은 뎅뎅이를 붙들고 한참 이야기를 하고 나서야 문밖으로 나서곤 했다.

"집에 올 때까지 무사히 잘 있어. 알았지 뎅뎅아. 누나 금방 올게."

두 녀석의 나이가 적지 않았던 만큼 한편으론 마음의 준비를 해둬야 한다고 생각했다. 그럼에도 전보다 약해진 모습을 볼 때면 우울하고 속상한 마음이 가슴 한편을 가득 채워 울적하게 했다. '더 많이 챙겨줄걸. 더 많이 사랑해 줄걸.' 그렇게 채워질 수 없는 아쉬움만 커지고 커졌다. 퇴근 후 집에 돌아오니 오늘은 기력이 좀 생겼는지 갑자기 일어나 집안 여기저기를 돌아다니는 뎅뎅이가 눈에 들어왔다. 느리고 덜덜 떨리는 걸음에 이리와 앉으라고 불러보았지만 이내 집안 한 바퀴를 다 돌고서야 내게 다가오던 녀석이었다. 거실 한가운데 나란히 누워 팔베개를 해주며 감싸 안은 그 순간 직감적으로 '아…. 오늘이구나.' 하는 생각이 머릿속에 떠올랐다. 기분은 이상했지만 일부러 내 목소리를 좀 더 들어달라며 함께 했던 지난 시간들을 하나하나 입 밖으로 꺼내 이야기를 하기 시작했다. 그냥 지금은 그래야만 할 거 같았다. 터져 나오는 눈물에 목이 막히고 숨이 차고, 가슴은 미어졌지만 슬픔을 삼키며 조금이라도 더 많은 이야기를 들려줄 수 있도록 쉴 새 없이 혼잣말을 했다. 잠이 들려는 듯 편안하게 누워 눈을 떴다 감았다 하던 뎅뎅이의 호흡이 점점 더 옅어지고 있음을 느꼈다.

그렇게 2016년 5월 18일 늦은 밤. 나는 오랜 친구였던 뎅뎅이를 하늘나라에 먼저 보냈다. 올 때까지 기다려줘서 고맙다고, 가는 길 지켜줄 수 있게 해 줘서 다행이었다고. 점점 차갑게 굳어가는 녀석을 안고는 더 잘해주지 못해 미안하다고 울기만 했다. 그거 말고는 여전히 내가 할 수 있는 게 아무것도 없었다.

"미안해. 미안해. 내가 많이 미안해. 못해준 게 너무 많아서 미안해. 뎅뎅아."

그 이후 긴 시간 동안 우울함이 이어졌다. 심장이 뻥 뚫린 것처럼 공허했고 감정은 점점 건조해져 갔다. 사람만 느끼는 감정은 아니었다. 10년 넘게 함께 자라온 남매 휘르와 고양이 '옹이' 역시 한동안 이 방, 저 방. 끙끙 소리를 내며 뎅뎅이를 찾아다니는 모습을 보였다. '얘들아, 이제 뎅뎅이 없어.' 하면 또다시 눈물이 터졌고 그럴 때면 '남은 녀석들에게라도 더 잘해줘야지.' 하는 다짐을 하곤 했다.

처음 보는 사람한테는 꼬리 치며 반기던 녀석이, 태어난 지 두 달이 채 되지 않은 작은 아기 고양이 옹이를 보면서는 일말의 관심도 보이지 않아 참 의외라고 생각했던 첫 만남이었다. 10여 년이 넘는 시간 속에서도 옹이가 거는 장난에 늘 귀찮다는 듯 으르렁거렸고 시큰둥하게 밀어냈지만 그럼에도 눈에 안 보이면 서로를 찾으며 의지하던 우리 집 작은 녀석들이었다. 이후 7년이란 시간이 흘렀음에도 함께한 14년의 추억이 남아 있기에 우리는 문득문득 뎅뎅이를 떠올리며 여전히 눈시울을 붉힌다.

"뎅뎅이 이거 참 좋아했는데. 무, 사과, 수박, 배추 이런 아삭거리는 거 참 좋아했잖아."

"오늘따라 거리에 까만 강아지가 많이 보이더라. 뎅뎅이 맨날 모르는 사람 따라가서 산책하기 참 힘들었는데."

오랜 친구를 먼저 보낸다는 건 언제 해도 참 어렵고 힘든 일이라는 걸. 알면서도 결국 또 겪어야 한다는 사실이, 받아들여야 하는 현실이, 오늘도 참 슬프게 다가온다.

보고 싶은 내 친구 뎅뎅이.
"하늘나라 친구들이랑 잘 놀고 있지?"

마지막 인사는
아프다

뎅뎅이가 떠나고 3년이 지난 때였다. 나이가 많음에도 비교적 건강하다고만 느꼈던 휘르가 17살이 되었다. 귀가 잘 들리지 않아 이름을 계속 불러야 하거나 다리에 힘이 없어 전처럼 요리조리 뛰어다니진 못하지만 그럼에도 어디 아픈 곳은 없으니까, 단지 세월의 무게일 뿐이니까 하며 문득문득 느껴지는 안쓰러움을 달래곤 했다. 작은 체구의 강아지였음에도 보통의 노견보다는 백내장이나 잔병치레 한 번 없이 지나온 시간에 감사했다. 그해 봄이 지나는 끝자락부터는 다리가 전보다 말라간다거나 떨린다는 게 한눈에 들어올 만큼 쇠약해지고 있었다. 식구들은 우리가 또다시 마음의 준비를 해야 할 때가 다가오고 있음을 느껴 우울해하곤 했다.

댕댕이를 먼저 보내면서도 '우린 아직 휘르와 옹이, 2번의 이별을 더 참아내야 한다.'는 이야기를 나눴던 적이 있다. 그럴 때면 늘 '집에 아무도 없는 새에 가버리면 어떡하지?' 하는 걱정이 제일 먼저 앞섰다. 한 번씩 거실에 축 늘어져 자고 있는 녀석의 모습에 몇 번이나 가슴이 철렁 내려앉았는지 모른다. 이별을 준비해야 한다며 계속 되뇌고 있었음에도 쉽사리 정리되지 않는 무거움이었다. 여름엔 밥 안 먹는 녀석을 안아 들고는 손으로 떠먹이며 '한 입만, 진짜 한 입만.' 하며 어르고 달래는 시간이 많았다. 그렇게 아침저녁으로 찬바람이 느껴지기 시작하니 얼마 전보다 부쩍 더 나빠진 상태에 당장이라도 곁을 떠날까 봐 걱정하는 날이 이어졌다. 제발 한 달만 더 건강히 같이 살아달라며 우리는 욕심을 냈다. 고비 같던 4월을 지나 6월, 그리고 다시 9월. 이번 달도 더 나빠지지 않고 무사히 지내주길 바라면서도, 한 번씩 힘들어하는 녀석을 보고 있으면 '이렇게라도 살아달라며 욕심을 내는 게 맞는 건가' 하는 복잡한 생각이 마음을 심란하게 했다.

학교와 가까운 거리에 있던 우리 집은 나의 중고등학교 친구들이 놀러오는 사랑방과도 같았다. 누가 오든 꼬리치며 반기는 댕댕이에 비해 유독 경계심이 많았던 휘르는 일주일 내내 얼굴을 보는 친구들임에도 움직이지 못하도록 쫓아다니며 대치를 벌였다. 요즘 들어 상태가 많이 안 좋아졌다는 말에 너도나도 시간을 내고 찾아와 휘르에게 인사를 전하고 간 친구들은 더 이상 짖지도, 쫓아다니지도, 또 싸우려 하지도 않고 가만히 누워 있기만 하는 휘르를 보며 '짖어도 되니까 힘 좀 내봐, 휘르야.' 하는 짠한 마음을 내비쳤다.

덩치 좋은 10살짜리 강아지 두 마리가 대뜸 달려들어 해코지를 하면 어쩌나 싶어 3일 내내 문틈으로 서로의 냄새만 맡게 했던 옹이와 까만 두 녀석들이 얼굴을 마주했던 4일째, 사람에게 까칠하게 구는 휘르였기에 아기 고양이 옹이에게도 날을 세우지 않을까 싶어 걱정이 많았다. 하지만 예상과 달리 자기 새끼처럼 핥아주고 놀아주며 옹이의 성장을 돌봐온 휘르였다. 이후 옹이의 덩치가 더 커져 이따금씩 진심을 다해 싸우는 사이였다가도 언제 그랬냐는 듯 나란히 누워 자던 우리 집 막내들이었다. 전처럼 '집에 사람이 있을 때 보내줘야 할 텐데.' 하는 생각을 참 많이 했다. '확실히 이번 주 수요일을 못 넘길 것 같다.' 싶던 월요일 밤을 지나 동이 트지 않은 새벽이었다. 거실 바닥에 함께 누워 자다 깨기를 반복하며 녀석의 상태를 살폈지만 이젠 진짜 마지막이란 생각이 들었다. 그 새벽, 나는 또다시 거실 한가운데서 어쩌면 마지막이 될지도 모르는 인사를 나눴다.

"1년 더 버텨줘서 고마워 휘르. 우리랑 오랜 시간 같이 살아줘서 고마워. 하늘나라 가면 뎅뎅이 오빠가 기다리고 있을 거야. 거기서는 다시 다리 힘 튼튼할 거니까 마음껏 뛰어놀고 있어. 나중에 언니 가면 둘이 꼭

마중 나와 줘야 해."

　그렇게 팅팅 부은 눈을 한 채로 오늘도 잘 놀고 있으라는 인사를 하고 나선 출근길 바람과는 달리, 얼마 지나지 않아 걸려 온 엄마의 전화에 심장이 쿵 하고 내려앉았다. 슬픔을 누르고 덤덤히 전화를 받아 들었지만 결국 참고 있던 눈물이 터져버리고 말았다. 오늘은 좀 어떠냐며 아침인사를 나누고 나니 잠이 들었다고 하는 휘르는 2020년 10월 28일. 한 해의 끝자락에 다다르도록 힘을 내주다가 무지개다리 저편으로 출발을 했다. 마음이 진정되지 않아 계속 눈물을 훔쳤다. 누군가 와서 '괜찮아?' 물어도 울고, '왜 그래?' 물어도 울고, '눈이 왜 이렇게 부었어?' 해도 울었다. 아빠는 점점 몸이 차게 굳어가는 녀석을 그냥 둘 수 없으니 보내주고 오겠다고 했다.

　조그마한 체구의 녀석이 공간을 차지하면 얼마나 차지했나 싶었지만, 집에 들어오자마자 느껴지는 적막함은 생각보다 너무 크고 강했다. 바랐던 것처럼 1년 더 건강히 살았으니 괜찮다며 덤덤히 위로를 하던 아빠였다. 오랜 시간 동안 마음의 준비를 했으니 조금은 덤덤히 보내줄 수 있을 줄 알았다. 하지만 전혀 그렇지 못했다. 이젠 슬픔이란 감정을 제어할 수 있는 어른이라고 생각했지만, 아빠를 보니 나는 한낱 어린아이에 불과하다는 걸 깨달았다.

시간이 지나도 눈물은 멈추지 않았지만 그럼에도 살아가야 했다. 인생이라는 긴 시간 중에 어느 하루인 오늘이었다. 매일 아침 눈물 자국을 겨우 닦아낸 자신에게 '우울하긴 해도. 그래도 괜찮아.'라며 위로를 건넸다. 부쩍 말수가 없어진 내가 걱정이 된 엄마는 한동안 점심시간마다 전화를 걸어 '괜찮냐'고 안부를 물었다. 겨우 출근을 해 일하는 거 말고는 아무것도 하질 못했지만 숨은 쉬어지는 느낌이었다. '잘 이겨낼 수 있어. 기운 내고 편히 보내주자. 발걸음 무거워서 멈추지 않게.' 그렇게 생각하려 했다. 이후 1년이 되도록 반겨주는 강아지 없는 허전함과 두 까만 녀석들의 빈자리에 식구들은 여전히 한숨을 내쉬곤 했다. 추억이 떠오르면 엄마와 나는 부엌에 주저앉아서 울기도 했고, 보고 싶다며 사진을 꺼내보며 웃기도, 그러다가도 끌어안고 서럽게 울 만큼 긴 시간 동안 펫로스 증후군을 겪고 있었다.

그렇게 '벌써 1년이네.' 하는 날에서 한 달이 지난 무렵이었다. 회사 앞 동물병원은 구조된 동물들이 치료받거나 임시 보호되는 곳이었다. 한동안 텅 비어 있던 그곳에 등장한 아기 고양이는 옹이가 처음 우리 집에 왔을 때보다 더 작은 걸 보니 태어난 지 얼마 되지 않은 새끼라는 걸 짐작케 했다. 그렇게 한 달이 되어가도록 머리를 푹 숙이고 자는 뒷모습만 보여주던 작은 생명체는 이제 '아리'라는 이름으로 옹이와 함께 집안 공간을 공유하며 살아간다. 특유의 에너지와 엉뚱함으로 마음속에 자리하고 있던 우울과 집에 스며있던 공허함을 지워준 녀석의 등장이었다. 우리는 하루하루 연로함이 느껴지는 옹이의 모습을 보며 또다시 우리가 해야 할 이별이 2번 남았다는 사실을 인지하고야 만다. 슬프지만 받아들여야 하는 순리라는 것도 이미 잘 알고 있다. 내 오랜 친구 휘르와 뎅뎅이. 이제는 할아버지가 된 11살 옹이, 그리고 1살 막내 아리까지. 겪어도, 겪어도 익숙해지지 않는 힘듦이겠지만 언젠가 찾아올 그날의 슬픔도 잘 견뎌내 보자며 우리는 오늘도 서로의 마음에 위로를 전해본다.

그날의 이별이 후회로만 채워지지 않도록.

말은 통하지 않지만, 마음은 통하겠다고 말이다.

더는 후회하지
않기로 했다

내일이면 휘르를 보낸 지 1년이라며 울적한 기분을 느끼던 시기였다. 가족들이 휘르뎅뎅의 빈자리를 느끼며 슬퍼하던 것처럼 옹이 역시 온 방을 돌아다니며 울고, 찾고, 무기력해하는 모습을 보이곤 했다. 사람이나 동물이나 이별로 얻는 상실감의 크기는 동일하다는 것을 느꼈다. 가만히 앉아 있으면 더 우울해진다며 산책을 나가자는 직장 동료들을 따라 점심시간이면 밖으로 나가 바람을 쐬곤 했다. 길가에 있는 회사 앞 동물병원에는 한 달째 새끼 몰티즈와 고양이가 새 가족을 기다리며 성장해가고 있었다. 무료 분양이라고 쓰여 있는 유리 너머에서 연신 꼬리를 치던 아기 몰티즈는 지나가는 사람들의 발걸음을 멈추게 하는 매력이 있었다.

그 옆에는 볼 때마다 잔뜩 웅크린 채로 잠만 잔다며, 아직 단 한 번도 얼굴을 보지 못했다는 아기 고양이가 솜뭉치처럼 자리해 있었다. 동료들은 활발해 보이는 저 몰티즈라면 옹이에게 새 친구가 되어주지 않겠냐며 연신 귀엽다는 이야기를 했다.

강아지를 키우겠다고 막무가내로 두 마리나 데리고 왔던 중학생 나와는 달리 어른이 된 지금의 나였다. 식구들 누구 하나 아직 마음을 다 추스른 상태도 아니었고, 또 이 작은 생명에 따르는 무수한 책임이 어떤 것인지를 잘 알기에 쉽게 결정을 내리지 못했다. 인간은 힘들다고 하소연이라도 할 수 있는데 말 안 통하는 옹이가 보이는 우울함은 '어떻게 풀어줄 수 있을까?' 식구들과 고민을 거듭했다. '더 이상 반려동물을 키우지 말자' 하면서도 우리는 옹이와 함께할 새로운 친구가 필요하다는 것을 느끼고 있었다. 그렇게 일주일이 흘렀다. 여느 날처럼 그날도 산책을 하겠다며 주변을 거닐다가 동물병원 앞을 지나는 길이었다.

"어? 몰티즈 없다. 입양 갔다! 좋은 집 갔나 보네."
"고양이는 아직 있네. 근데 쟤 오늘 안 잔다! 처음이야!"

한 달 동안 매일 자는 모습만 보여주던 아기 고양이가 오늘은 어쩐 일인지 유리창에 바짝 앉아 지나다니는 사람들을 보고 있었다. 얼굴을 처음 본다며 고양이를 마주한 그 순간이었다. 졸린 듯 반쯤 감은 눈을 했던 녀석이 무슨 이유에선지 나와 눈이 마주치자, 밖으로 꺼내달라는 듯 팔짝팔짝 뛰며 난장을 부리기 시작했다.

"계속 잠만 자서 몸이 약한 앤 줄 알았는데 너무 필사적으로 뛰는데. 근데 쟤 진짜 선생님만 보면서 뛰는데요?"

내가 보기에도 그랬다. 녀석은 정말 나만 바라보며 온 힘을 다해 뛰고 있었다. 기분이 묘했다. 며칠 전까지만 해도 또 하나의 생명을 돌보는 일이 부담스러워 쉽게 결정을 내릴 수 없다던 나였다. 하지만 제 몸보다도 높은 유리창을 벗어나고자 쉼 없이 뛰고 있는 녀석을 보고 있자니 쉽게 발걸음이 떨어지지 않았다. 결국 한참을 앞에 서서 망설이다가 동물병원 문을 열고 안으로 들어갔다. 모든 인연은 이 녀석과의 눈 맞춤에서부터 시작됐다. 식구가 되기로 했으니 제일 먼저 이름이 필요했다. 가장 친한 동갑내기 동료는 '첫째가 옹이니까 둘째는 아리라고 하면 둘이 합쳐서 옹아리네!' 하는 아이디어를 줬다. 찰떡같은 이름이 순식간에 지어졌다. 태어난 지 이제 한 달 하고 반이 되어간다는 녀석의 접종을 마치고는 케이지 하나를 사서 병원을 나왔다. 집으로 향하는 20분 동안 밖으로 꺼내 달라며 징징거리던 녀석은 그동안 맥없이 잠만 자던 그 아기 고양이가 맞는 건지 의심이 들 정도였다.

일단 집에 데려는 왔지만, 옹이와의 합사가 남아 있었다. 고양이는 영역 동물이기에 자기 공간에 대한 욕심이 있다고 했다. 혹시나 옹이가 텃세를 부리면 어쩌나 하는 걱정이 들었다. 낯선 공간에 겁을 먹어 케이지 안에만 있을 거라 생각한 것과 달리 아리는 집안 곳곳을 누비며 호기심을 보였다. 덩치 차이가 엄청난 두 녀석이었음에도 일단 덤벼드는 아리와 되레 어리둥절해하는 옹이의 모습에 일단 며칠간 둘을 분리해 놓기로 했다. 하루아침에 집안 공기를 바꾸어 버린 아리의 등장이었다. 옹이는 더 이상 집안 곳곳을 찾아다니며 울지 않았고 식구들은 아리의 엉뚱한 행동에 허전함을 느낄 새가 없었다.

"고양이가 원래 저런 건데 옹이가 조용했던 거야? 아니면 아리가 산만한 거야?"

"쟤는 하는 짓이 왜 이렇게 웃기니. 가만히 보고만 있어도 시간이 너무 잘 가."

높은 화분에 뛰어 올라가 흙을 파거나, 난간을 아슬아슬하게 밟고, 털이 젖거나 말거나 물줄기가 신기해 장난을 치는 등 호기심이 넘치는 아리였다. 어느덧 11살이 된 옹이는 아리의 장난을 다 받아줄 만큼의 기력이 있지 못했다. 그런 마음을 아는지 모르는지 아리는 놀아달라며 쉴 새 없이 옹이를 따라다녔다.

"아리야! 아리 안 돼. 아리 내려와. 아리!"

지난 1년간 식구들은 그 말을 가장 많이 한 것 같다고 했다. 구조의 손길과 보호, 눈길이 닿아 마주할 수 있던 작은 생명과의 만남이었다. 수없이 지나는 길목에서 한 달 내내 보이던 하얀 뒷모습에도 나는 우리가 이렇게 가족이 될 거라곤 상상하지 못했다. 그날 나를 향해 뛰는 모습을 보이지 않았다면, 끊임없이 눈을 마주치지 않았다면, 우리는 가족이 되지 못했을 거다. 휘르마저 떠난 후 집안 곳곳에 남아 있던 우울이란 감정, 시간이 지나도 지워지지 않을 것만 같았던 흔적이 뜻밖에 찾아온 새 식구의 등장에 점점 더 희미해져 가고 있다. 그럼에도 우리는 아직 찾아올 이별의 순간이 또다시, 그리고 여전히, 두 번이나 남아 있다는 것을 잘 알고 있다.

"옹아리들, 언니 갔다 올 테니까 잘 놀고 있어."

역시나 '더 잘 해줄걸.' 하는 후회를 할 게 분명하다는 걸
알고 있으면서도. 어느 날이 될 그 순간이 후회되지 않도록.
오늘도 마냥 기다리고 있을 녀석들을 위해 발걸음을 재촉해 본다.

독립적인 인간이고
싶은 마음

"지원은 고등학교까지야. 대학교부터는 알아서 다녀."

미래를 그릴 때면 엄마는 늘 그렇게 선을 긋곤 했다. 말은 그렇게 했지만 언론학과에 가고 싶다는 딸의 수시 비용에 '뭐가 이렇게 비싸냐.' 하면서도 뒷바라지를 해주시던 부모님이었다. 원서 접수 비용은 지원하는 대학마다 7만 원에서, 많게는 12만 원까지 내야 했다. 제법 나쁘지 않은 성적이었음에 '그래도 서울에 있는 대학은 가겠지.'라고 자만했다. 곧 논술 시험을 보고 왔던 6곳의 대학에서 합격자 발표를 시작했다. 그러나 그 어디도 내 이름이 확인된다거나 합격을 축하한다는 메시지를 보내주는 곳은 없었다. 2차 수시까지 총 10번의 응시원서를 접수했지만 나는 수시 탈락의 쓴맛을 제대로 경험하고 있는 고3 수험생일 뿐이었다. 불합격이 가져오는 좌절감보다 단시간에 부모 주머니에서 돈 백만 원이 넘는 돈을 사라지게 했다는 사실이 더 씁쓸하고 미안했다. 입시 담당 선생님들의 만류를 뒤로하고 나는 한 지방대에 입학을 했다.

고등학교를 졸업하는 날까지도 선생님들은 '지금이라도 늦지 않았다.', '재수 준비를 하면 된다.'라고 귀에 못이 박히도록 이야기를 하며 나를 말렸다. 사회에 나오면 내가 생각하는 것보다 그 이상으로, 대학 타이틀이 정말 중요하다는 것을 느끼는 순간이 많을 거라고 했다. 그래서 지금 이렇게 고집부리고 있는 상황을 뼈저리게 후회할 거란 말도 잊지 않았다. 방황하는 인생은 아니었지만 한 번씩 선택의 갈림길을 만날 때마다 엄마는 덤덤히 이렇게 말했다.

"원하는 대로 해. 하고 싶은 대로 해. 모든 건 네 인생이니까."

'맘대로 해. 괜찮아. 뭐든 도와줄게.' 하는 그런 친절한 말은 아니었다. 모든 건 내가 책임져야 하는 내 인생이었다. 이 말은 늘 나 자신에게 더없는 자유와 동시에 큰 부담감을 안겨주던 말이었다. 지방대에 가서 후회한 적이 있냐고 묻는 말에 솔직히 '아니, 단 한 번도 없어.'라고 단언하지는 못한다. 사회에 나와 보니 선생님들의 말씀처럼 정말 대학 이름은 중요했고 '어느 대학 졸업했어요.' 하는 사실 하나만으로도 사람에 대한 평판이 달라지는 게 눈으로 보였다. 하지만 그와 마찬가지로 '무슨 전공을 했는가.', '그래서 어떤 길을 가고 있는가.' 역시 얼마만큼의 시간을 투자했고 전문지식을 가지고 있는지를 판별하는 하나의 중요한 요소가 되는 것도 분명했다.

'대학은 알아서.'라는 집안의 방침에 따라 2살 터울의 남동생도 나도 방학기간에는 아르바이트를 했고, 개강 후엔 학교를 다니며 각자가 받은 학자금 대출을 갚아나갔다. 총 8학기의 학자금 대출금은 수석 입학과 성적장학금을 꾸준히 받고 다녔음에도 2,400여만 원이 넘는 빚과 최대 5.7% 이자가 되어 나를 누르고 있었다.

대학을 다니는 중에 생겨난 국가장학금 제도는 지금의 운영방식처럼 부모의 소득을 산정해 지원자와 지원 금액을 공고했다. 학자금에 대한 부담을 덜 수 있을 것으로 기대했던 것과는 달리 소득분위가 높다며 번번이 탈락을 하는 통에 뿔이 잔뜩 난 나는 엄마 아빠에게 투정을 쏟곤 했다.

"우리 집 잘 산다고 장학금 안 준다는데? 내가 부모 지원받아서 학교

다니는 것도 아니고 가진 게 없어서 벌어서 다닌다는데, 왜 안 줘?"

집에 얹혀살며 당연한 듯이 누리고 있는 것들은 안중에도 없었다. 더이상 용돈을 받지 않으니, 부모에게서 받는 거 하나 없이 스스로 잘 살아가고 있다는 바보 같은 생각을 했다. 등록금 감면이 어렵다면 내가 내는 돈의 가치를 모두 챙기겠다는 일념으로 학교를 다녔다. 누가 봐도 최선을 다 하는 사람이라 평가되었음에도 스스로는 '조금 더 할 수 있었을 텐데.' 하는 아쉬움과 자책을 그림자처럼 달고 다녔다. 학업에 있어선 빈틈이 없으려 했지만, 대출받은 학자금을 관리해나가는 데 있어서는 경험도 지식도 부족한 대학생일 뿐이었다.

매월 자동이체 되는 이자와 원금에도 아무 생각이 없었다. 한 달에 5만 원 나가던 상환금이 학기가 더해짐에 따라 10만 원, 20만 원, 그렇게 매월 40만 원가량이 나가는 때에도 '이자가 아깝다.'거나 '상환기간을 줄여야지.' 하는 계획을 세우지 못했다. 중도 상환이 뭔지, 내가 설정한 대출기간이 얼마인지, 그것이 뭘 의미하는지. 어렵기만 한 내용을 눈여겨 보려하지 않았고 누구와도 이야기를 나눠본 적이 없었다. 단지 연체 없이 상환금액만 정상 출금되면 된다고 생각했다.

취업 후에도 마찬가지였다. 지난 7년간 빠져나가는 상환 일자와 출금

금액만을 신경 쓰다, 문득 친구들과 급여 관리 비중에 대한 이야기를 나눈 것이 계기가 됐다.

"너희 월급에서 몇 퍼센트나 저금해? 나 60% 하는데 잘살고 있냐?"

"완벽하다. 나는 자취 시작하고서는 거의 식비로 나가는 중인데 저축 30만 원 빼면 다 소비다."

"나는 학자금 아직 나가고 저축 0원, 다 소비."

그 순간, '학자금을 아직도 낸다고?' 하며 모두가 같은 얼굴을 하고서는 내게 소리쳤다. 은행 이자보다 높은 금리였지만 '내가 이 큰돈을 어디서 빌려. 학자금 대출받아야지.' 하며 의지했다. 그렇지만 몰랐다. 이런 방식으로 상환을 하면 9999년이라 보이는 화면처럼 정말 이자만 내는 대출의 굴레에 빠진다는 것을 말이다. 심각성을 인지한 친구들은 전체 대출 내역을 보내보라고 했다. 상환내역을 확인한 세 친구는 '지금부터 여유자금이 생길 때마다, 아니 그냥 무조건. 학자금 대출부터 0원으로 만들어. 그게 지금 네 인생의 목표야.'라며 무게를 잡았다.

그동안 적잖은 돈을 갚아나갔다고 생각했지만, 대부분이 이자였고, 변제된 원금은 고작 백만 원 남짓한 금액이 전부였다. 이후 3년이 조금 안 되는 기간 동안 남은 2,200여만 원의 빚을 청산하는 것으로 나의 학자금 대출은 10년 만에 막을 내릴 수 있었다. 마지막 남은 대출금 90만 원을 완제하던 날, 녀석들은 고생했다며 지금부터가 시작이라는 말을 했다.

"이제부턴 내 집 마련이 너를 억대의 대출금에 가둬둘 거야. 일이천이 아니니까 정신 똑바로 차려."

그날 밤, 늦은 퇴근을 마치고 집에 막 들어온 내 발소리에 엄마는 거실로 나와 나를 꼭 안아주었다. '알아서, 알아서.'라고 그렇게 귀에 못이 박히도록 얘기했지만 그럼에도 자동이체를 앞둘 때면 '통장에 빠져나갈 돈은 있냐?'며 10만 원씩 입금을 해주던 엄마였다.

"고생했네, 고맙고 고마워."
"뭘, 노느라고 늦은 건데."
"그래도, 정말 혼자 다 해결했잖아. 고맙지."

고맙다는 별거 아닌 그 말에 왜 그리 눈물이 핑 돌던지. 그 이상 말을 하지 않아도 엄마의 마음이 전해지는 거 같아 우리는 웃는 얼굴을 마주하면서도 눈시울을 붉혔다. 세상을 알려준 고마운 사람들 덕분에 이자의 늪에서 탈출할 수 있었던 그날의 후련함이 떠오른다. '다시 대학생으로 돌아가면 차라리 은행한테 빌릴래. 이자가 무슨, 어휴.' 하며 지난날을 돌이켜보지만, 아무쪼록 그 역시 겪어봐야 깨닫는 인생이라며 고생한 나 자신에게 응원을 보낸다.

> 도움 없이 살아보겠다며 아등바등했던 지난날.
>
> 그 시간을 버텨내줘서 고마운 나 자신, 정말 고생했다. 고생 많았다.
>
> 이제 정신 똑바로 차리고 주머니를 지켜내자.

일상기록_
성장 퀘스트

'정말 겪어보니 이제 알 것 같다!' 하는 것이 있나요?

지나고 나니 웃으면서 회상할 수 있는 기억을 통해 이 순간 떠오
르는 생각을 하나하나 기록해보세요. 단어나 문장, 그림 그 어
떤 것도 좋습니다. 중요한 건, 또다시 같은 문제를 마주할지라
도 극복할 수 있다며 스스로를 믿어주는 용기와 자신감이에요.

Q. 당시의 감정과 기분을 모두 체크해보세요	행복한 상쾌한 용기나는 친근한 기대되는 고마운 다정한 흥미로운 감동적인 든든한 반가운 통쾌한 여유로운 따뜻한 생기있는 안심되는 뿌듯한 신기한 화나는 난처한 두려운 외로운 놀라운 답답한 불쾌한 후회하는 불안한 실망한 허탈한 초조한 아쉬운 창피한 슬픈 억울한 무기력한 불편한 서운한
Q. 비슷한 상황에 놓였을 때 해주고 싶은 말	
Q. 일상에 제목을 지어준다면?	
이렇게 하면 좋아요	누구보다 내가 나를 믿어주는 그 마음, 그것만큼 힘이 되는 것 은 없어요. '잘 하고 있어. 나는 나를 믿어.' 하며 스스로에게 든 든한 기운을 불어넣어 주세요.

답은
나와 있지
않다

3
메인
퀘스트

회복탄력성을 강화하다

<역시, 세상에 쉬운 건 없지만 잘 될 거예요>

있을 때
잘 하라는 말

매년 어린이날이면 높기만 하던 하얀 담벼락 안으로 들어오는 것을 허락해주던 아빠 회사는 마치 신나는 음악이 흘러나오는 놀이공원 같았다. 곳곳에서는 다양한 행사와 게임이 진행됐고 현장에 온 어린이 누구에게라도 학용품 선물을 쥐여주던, 당시 S전자의 어린이날이었다. 그때의 기억은 서른이 넘은 지금까지도 내게 생생한 기억으로 남아 있는 날이다. 이미 양손 가득 크레파스가 들려 있었음에도 누구 하나 그만하라고 말리는 이가 없었다. 서툴고 어려워하는 게임도 차례만 지키면 몇 번이건 다시 해볼 수 있는 기회가 주어졌다. 상품을 얻지 못했다는 속상함이나 탈락의 쓴맛은 찾아볼 수 없던 이날이 지나고 나면 방 안엔 여러 종류의 학용품이 한가득 쌓여 있는 걸 볼 수 있었다. 어린 시절 내가 기억하는 아빠의 모습은 이날 하루가 유일했다. 아빠는 내가 잠에서 깨기 전 새벽같이 출근을 했고, 잠들기 전까지도 퇴근하지 못한 어느 직장인이었다. 어린 시절 집에서 본 아빠의 얼굴을 떠올려 보려고 노력했으나 '어쩜 이렇게 단 한 장면도 떠오르지 않을까?' 싶을 정도로 기억나는 게 전혀 없었다. 그럼에도 어릴 적 나와, 젊은 날의 아빠 모습이 한 프레임 안에서 생생하게 살아 있는 S전자의 어린이날은 1년에 단 한 번이었지만 내겐 소중한 추억이 되었다.

사진에는 없지만 어린이날만큼이나 잊히지 않는 기억은 볼링장 자판기에서 뽑아 먹던 '컨피던스' 맛이었다. 아빠를 따라 볼링장에 갈 때면 아빠는 꼭 자판기에서 갈색 유리병에 들은 컨피던스를 하나씩 뽑아주곤 했다. 톡 쏘는 음료 맛과 샛노란 병 라벨에 지금도 지나가다 한 번씩 이 음료를 볼 때면 '오! 저거 아빠가 자주 사주던 음료수야!'라며 반가움을 표현하게 된다. 옛 추억을 하나씩 짚어 나가면 그제야 '아, 그런 날도 있었지!' 하며 잊고 있던 시간이 희미하게 떠오르곤 한다. 여유시간이 많진 않아도 가족들과 많은 것을 함께 하려 했다는 게 새삼 고마움으로 다가왔다.

성인이 되고, 경제활동을 시작하면서부터는 내가 가진 미숙함을 잊은 채 알아서 잘 큰 어른이 되었다고 착각했다. 스스로를 굉장히 어른스럽다고 여기던 20대를 지나, 30대에 접어드니 문득 '나는 아무것도 한 게 없었구나.' 하는 생각이 들었다. 자만심에 취해 있던 지난날을 되돌아보니 나는 저 스스로 큰 게 아니라 아직도 부모 울타리 안에서 크고 있을 뿐이었다.

"집 나가면 다 돈인 거 아는데, 부모님이랑 같이 살 때 열심히 벌어 모아야 한다는데, 이렇게 의지만 하고 살다간 세상 물정 모르고 마냥 엄마 아빠한테 기댈 거 같아."

"나와. 어차피 부모님이랑 같이 살든 안 살든 안 모이는 돈은 안 모여. 나와서 부딪혀 봐야 세상 무서운지도 알고 살길을 찾지."

오래전부터 독립을 해 나와 살고 있는 친구들은 내가 요즘 느끼는 고민에 하나같이 '일단 나와서 1년을 버텨보라.'는 문제를 내줬다. 당장 나가서 살 집을 구하는 것, 보증금을 마련하는 것, 부동산 계약서를 작성하는 것, 살림살이를 옮기는 것. 그 모든 것을 실행에 옮기려고 마음을 먹으니 곧 설렘과 불안이 동시에 나를 덮쳐왔다. 그럼에도 성장해야 했다. 어느 누구도 집에서 나가라고 등 떠밀지 않았지만 나는 나 자신에게 이야기하고 있었다.

"스스로 잘 컸다고? 바보 같네. 어디 혼자 나가서도 진짜 잘 사는지 보자."

그렇게 서른둘, 이 정도면 독립이라고 여기던 둥지를 벗어나 진짜 독립을 이루기 위해 월셋집을 구해 나왔다. '이게 네가 겪어야 하는 현실'이라며 나를 세상 밖으로 꺼냈다. 계획대로 되지 않았다고 해서 '다시 시작하기' 버튼을 누를 수 있는 게임이 아니었다. 현실과 마주한 나 자신이 여기, 열 평짜리 작은 이 공간에 덩그러니 있었다. 그렇게 딱 두 달이 흘렀다.

"이러나 저러나 어차피 안 모일 돈이랬잖아. 모으는 건 둘째 치고 있던 것도 줄어들던데?"

"초반이라 그래. 없는 살림 사느라고 더 그럴 거야."

"이게 현실이구나. 예전처럼 살다가는 나 1년도 못 버틸 거 같단 생각이 들어. 진심으로 걱정이 되고 있어."

이 작은 집에서 내 한 몸 추스르는 것조차 대단한 압박감으로 다가왔다. 독립을 한 지 불과 두 달 만에 느끼는 감정이었다. 그때부터 지난 30여 년 동안 딸린 식구들을 건사하느라고 애쓰고 버텨낸 아빠의 무게가 보이기 시작했다. 주말에 집에 가 마주하는 아빠의 어깨가 한없이 작아 보였고, 두 다리는 왜 그리 앙상하게만 보이는 건지. 왜 이제야 느끼게 된 걸까? 이렇다 할 도움 없이 컸다며 쌀쌀맞게 굴던 내게 찾아온 가장 큰 변화였다. 민들레 홀씨처럼 가냘프게 보이고, 당장이라도 날아갈 것만 같은데도 단단히 자리 잡혀 있는 듯한 아빠 모습이 그리 대단해 보일 수 없었다. 이게 사람들이 말하는 가장의 무게인가 하는 것을 태어나 처음으로 깨닫게 됐다.

친구들끼리 노래방을 갈 때면 빠지지 않고 나오는 선곡이 있다. 겨우 노래 한 곡을 하면서 오열에 가까운 흐느낌을 뱉는 친구들이 이해되지 않아 어리둥절해 하면 그런 내 반응에 친구들은 되레 어떻게 이 노래를 듣고 울지 않을 수가 있냐며 갸우뚱해 보였다.

"우리 아빠는 그렇게 치열하게 안 살았거든. 처자식한테 그렇게 헌신적이지 않았어. 그래서 눈물 날 게 없어."

이 노래를 부를 때마다 왜, 한가득 눈물 콧물을 쏟아내는지, 첫 소절이 시작함과 동시에 울먹거려 제대로 부르지도 못할 거면서, 왜 매번 이 노래를 선곡하는지, 노래가 끝나고도 여운이 가시질 않아 누가 먼저랄 것도 없이 서로 아버지 존함을 그렇게 외쳐대는 건지. 나는 그 어느 하나도 이해하지 못했다. '장남 혹은 아들들만이 느낄 수 있는 무언가가 있나 보다.'라고 생각했다. 그러던 내가 '아버지' 이 세 글자에 눈물을 삼키고 있다. 아니, 채 삼켜내지 못한 미안함이 흘러넘치고 있다.

'아버지 이제야 깨달아요. 어찌 그렇게 사셨나요.

더 이상 쓸쓸해하지 마요. 이제 나와 같이 가요.

당신을 따라 갈래요.' – 싸이, 〈아버지〉

정말 가사처럼 이제야 깨달았다. 어떻게 그렇게 치열하게 버티며 지금까지 살아오셨는지 말이다. 이제는 이 가사가 가슴 깊이 다가와 꽂힌다. 못되게만 군 지난 시간이 떠올라 마음이 더 아려온다. 가지고 있는 100 가운데 100을 표현하고 싶지만, 아직 반도 표현하지 못하고 망설이고 마는 내가 어리게만 느껴진다. 지쳐 보이는 당신 어깨에 있는 짐을 나눠보고자 손을 뻗어보지만, 아빠는 '아이, 됐어. 괜찮아.' 하며 손사래를 친다. 그렇게 다시 강한 척, 아무렇지 않은 척하며 앞장을 선다. 언제나 우리집 든든한 기둥이 되어준 아빠. 철이 들었다고 생각했지만, 아직도 저밖에 모르는 나였다는 걸 깨닫는 데까지 너무 오랜 시간이 걸렸다. 이제는 그 발걸음이 쓸쓸하지 않게, 언제나 함께할 수 있도록 부디 건강한 우리가 되었으면 하는 바람을 해본다.

> 고맙고 미안해.
>
> 사랑해 아빠.

그리고 마침내
유리벽이 깨졌다

"능력 되면 혼자 살아."

엄마는 그 말을 밥 먹듯이 했다. 주변에서 '승희는 남자친구 없어?', '연애 안 해?'라고 물을 때마다 내가 뭐라 대답을 하기도 전에 '얘는 관심 없어. 결혼도 안 한대.' 하며 앞서서 말을 잘라냈다.

성인이 되어가는 내내 그랬다. 늘 '연애도 결혼도 관심이 없대.'라며 내 입장을 대변해 주던 엄마였기에 나의 연애 사실을 입 밖으로 꺼내는 게 참 불편했고 반항처럼 느껴졌다.

"결혼은 무슨 결혼, 능력 있으면 혼자 사는 게 제일이야."

변함없이 그랬다. 의지하기보단 혼자 사는 게, 그렇게 독신이지만 독립적인 인간이 되는 게 내가 이뤄야 하는 최고의 목표라고 생각했다. 누구의 구속도 없이 편하게, 애 없이 자유롭게 사는 삶을 그려왔다.

스물 후반에 접어들면서는 하나둘, 친구들이 결혼을 하기 시작했다. 곧 얼굴도 행동도 똑같은 아이를 보며 '유전자는 참 대단한 거구나.' 하는 사실을 느끼기도 했다. 일찍부터 결혼을 하고 싶어 하던 친구들은 자신을 닮은 아이는 어떤 모습일지 궁금하다는 말을 종종 했다. 단 한 번도 궁금해본 적 없는, 일말의 상상조차 해본 적 없는 그런 낯선 이야기일 뿐이었다. 몇 번의 연애 경험과 기혼자 친구들의 변화에 결혼이라는 가치관이 이전보다는 조금 더 넓고 열린 상태가 되었음에도 엄마는 강요하듯 주변에, 또 내가 들으라는 듯이 말을 하고 있었다.

"승희는 연애 생각이 없는 애야. 얘는 진짜 결혼 생각도 없어."

어릴 적엔 그 말이 당연한 것인 줄만 알았다. 매일 듣는 엄마의 말처럼 그렇게 살아야 성공적인 인생이라 생각했다. 머리가 크고 나니 '왜 엄마의 가치관에 나를 자꾸 가두려고 할까?' 하는 반발심이 들기 시작했다.

"아닌데, 나 이제 그렇게 생각하지 않는데. 그건 엄마 생각이지."

딱 잘라 이야기를 했다. 다만 여전히 '나의 2세는 어떤 모습일까?' 하는 상상을 하기엔 역부족이었다. 지난 20여 년간 끊임없이 들어오던 '혼자 살아라.'라는 말에서 벗어나 결혼 생각을 갖게 된 건 나름의 큰 변화였고, 친구들 역시 영원히, 누구보다도 굳건히 비혼주의로 살 거 같던 내 마음이 변화하게 된 계기가 무엇인지를 궁금해했다. 나도 그 점이 궁금했다. 생각해 보니 '얼른 시집가야지.' 하는 이야기보다 '혼자 살아.' 하는 이야기를 더 자주 듣다 보니 결혼에 대해 관심을 가질 필요가 없었다. 딱히 그 어떠한 것도 궁금하지 않았고, 여느 친구들처럼 로망이 있다거나 꿈에 그리는 결혼식 같은 것도 없었다. 지금도 '도장만 찍고 살면 그게 결혼이지 뭐.' 하는 정도의 미래를 그릴 뿐이다. 그럼에도 결혼이란 단어에 관심을 보이는 나의 변화가 어릴 적부터 봐온 주위 사람들에겐 절대 벌어지지 않을 것 같던 낯설고 신기한 일인 것처럼 여겨졌다. 내 주위를 둘러싸고 있던 보이지 않은 유리벽이 깨진 느낌이었다.

능력 되면 혼자 살라던 엄마는 언젠가부터 '그래도 자식 하나는 있어야지.' 하는 이야기를 아무렇지 않게 하기 시작했다. 엄마 친구들이 자녀들을 결혼시키는 것을 넘어 손자·손녀를 보기 시작했다는 소식을 전하기 시작하면서부터였다. 어느 날은 엄마의 입에서 이런 이야기가 툭 던져져

나왔다.

"그래도 여자로 태어났는데 애는 하나 낳아야지."

머리를 한 대 얻어맞은 느낌과 동시에 대단한 배신감이 온몸을 파르르 떨게 한 날이었다. 이제껏 내게 강요하던 당신의 가치관이 180도 모습을 바꾼 채로 돌아왔다. '여자로 태어났으면'이라는 고리타분한 말이 허무하게만 느껴졌다. '자기 마음대로구나.' 하는 말이 턱밑까지 올라왔지만, 꾹 삼켜냈다. '엄마도 엄마가 처음이라 서툴러서 그렇겠지.' 하는 것으로 이해하고 넘어갔지만 '이건 분명 잘못된 방식이야.'라는 걸 명확히 느낀 날이었다. 자식을 키우는 데 있어 부모 교육이 왜 중요한지 알게 된 날이었다.

누구에게도 의지하지 않고 무엇이든 혼자 해내야 한다고 생각하는 것, 미래를 그리는 데 있어서 나 말고는 아무도 없다는 것, 가정을 이루고 자식을 키우는 것보다 능력 있는 내 인생을 사는 것. 그게 당연한 줄만 알았다. 연애를 하면서도 그랬다. 좋은 사람이라 여기면서도 함께 하는 미래를 단 한 순간도 그리지 못했다. '나중에'라는 전제가 깔리면 '그만'이라며 선을 긋곤 했다. 그렇게 상처를 주는 사람이었다. '더 이상 이 굴레에 갇혀 있지 말아야지.' 하며 진짜 내가 원하는 것이 무엇인지를 고민하기 시작했다. 쉽게 생각이 바뀌진 않았다. 시간이 필요했지만, 결혼을 함으로써 주위에서 말하는 것처럼 안정된 마음을 얻을 수 있다면 그러고 싶었고, 능력이 있다면 딸보단 아들 하나를 키우고 싶다는 생각을 했지만, 곧 이마저도 내게 주입된 엄마의 가치관은 아닐까 하는 경계심이 먼저 들었다.

K-장녀. 맏이라는 이름으로 부모를 실망시킬 수 없단 책임감에 묶여 사는 존재. 비단 나만의 이야기는 아니었다. 생각보다 많은 사람이 부모 없는 외식 자리에서 '맛있는 걸 나만 먹는다.'거나 '좋은 곳에 함께 여행 오지 못했다.'라는 죄책감에 괴로워하고 있었다. 왜 그런 감정을 느끼는지 답답해하면서도 나 역시도 경험해본 일이기에 공감이 갔다. 스무 살 초반, 모아 놓은 알바비 40만 원을 가지고 한의원에서 두 달 치 보약을 지어온 나를 보며 엄마가 했던 말이 있다.

"보약도 지어다 먹고, 팔자 좋네."

참 많이 삐뚠 말이었다. 왜 그런 말을 했는지 지금도 이해가 가진 않는다. 엄마는 '내가 그런 이야기를 했냐.'며 기억하지 못할 것이다. 자신을 챙기지 않는다는 서운함이었을까, 그 시기에 느낀 괜한 투덜거림이었을까. 나중에서야 알았다. 모녀 사이는 가까운 만큼 감정 쓰레기통이 되기도 쉬운 관계라는 것을 말이다. 도서관엔 그런 이야기가 '모녀심리학'이라는 이름으로 나를 기다리고 있었다. 뭐가 됐든 지난 30여 년 동안 첫째라는 책임감, 성실해야 한다는 부담감, 부모를 기분 좋게 해야 한다는 압박감으로부터 탈출하기로 마음을 먹었다. 이제야 장녀라는 껍데기를 벗고 '정말 나를 위해 살아가야지.' 하고 마음을 먹는다. 그러면서도 또다시 걱정이 됐다. 자식 키우느라고 늙고 마른, 노쇠한 부모를 이렇게 등지면, 그럼 이제 누가 그들을 돌볼까. 그런 걱정에 장녀는 결국 다시 제자리로 돌아오고 만다. 일찍부터 독립을 해 나가 사는 남동생이 그런 걱정을 보이는 내게 이런 얘기를 했다.

"내버려 둬. 내버려 두면 내버려 두는 대로 또 다 돌아가. 누나가 나서서 걱정한다고 해결되는 것도 아니고 그런다고 갈등이 안 생기는 것도 아니야. 자식이 중간에서 애쓰지 않아도 이젠 각자가 알아서 해결해야지. 부모이기 때문에, 자식이기 때문에, 책임감 때문에 자꾸 끼어들지 말고 이젠 누나 일이나 신경 쓰면서 살아. 평생 같이 사는 건 아니잖아. 다 자기 가정을 꾸리고, 제 인생을 살아가야 하는 건데."

솔직히 처음엔 '저 새끼, 나가 산다고 남 얘기하듯 하네.'라며 욕을 했다. 그리고 시간이 지나서 보니 정말 내가 일일이 걱정하고 마음을 쓰지 않아도 흘러가는 게 보이기 시작했다. '장녀라는 이름으로 투명 유리 안에 가둔 건 실은 나 자신이었을까?' 하는 회의가 들었다. 이제는 첫째 딸의 이름에서 한 걸음 뒤로 물러나 식구들을 대하고 있다. 연애도 결혼도, 자녀 계획도, 그리고 조금 더 나아가 내 삶에 대해서도 이러쿵저러쿵하지 말라고 이른다. 가족이라는 말이, 부모라는 단어가 고맙고 애틋한 건 분명한 사실이지만 자녀의 심리적 독립도 그만큼 중요한 가치라는 것을 깨달았다. 이제야 이렇게, 더 넓은 세상으로 나갈 준비를 마쳤다. 서로 의지하는 법도, 용기가 되어주는 법도, 함께하는 인생의 방향을 정하는 것도, 길을 찾는 것도. 아직은 서툴고 막막하기만 하다. 그럼에도 유리벽을 나와 모험을 시작하기로 했다.

늦었지만 조금 더 늦지 않게.

내 마음을 의심하지 않고,

진짜 독립적이라고 말할 수 있는 그날을 그려본다.

욕심을 멈추면
평온이 온다

1년 365일 중 340일. 거의 매일 만나 노는데도 뭐 그리 할 말이 많은지. 명절 연휴에도 어김없이 모여 시간을 보내던 나의 친구들이었다. 고민이나 걱정 없이 마냥 옥상에 모여 고기를 구워 먹고 반짝이는 은박 돗자리 위에서 뒹굴뒹굴하고, 여름 더위에 서로 물풍선을 던지며 마냥 물장난이나 칠 것 같던 꼬마들이 어느덧 사회인이 됐고 동시에 하나둘씩 결혼 소식을 알려왔다.

"애들아, 나 결혼한다."
"누가 너랑 결혼을 해주냐."

믿기지 않았다. 청첩장을 받으면서도, 봉투에 적혀 있는 내 이름을 보면서도 믿을 수가 없었다. 할머니 댁 텔레비전 위엔 할머니와 할아버지가 처음 만난 날이라는 사진 한 장이 올려져 있다. 할아버지를 처음 본 이날, 나이 16살에 시집을 왔다던 할머니의 말이 순간 머릿속을 스쳐지나갔다. 24살의 나이에 결혼이라는 건 생각해 본 적 없는 낯선 단어일 뿐이었다. 성인이 되었지만 여전히 어릴 때 놀던 그 모습 그대로의 녀석들이었기에, 친구들의 결혼 소식은 '그게 뭔지', '우리가 뭘 해야 하는지' 그런 건 잘 모르겠어도, 그럼에도 우리의 매일은 변치 않을 거란 확신이 있었다. 그해를 시작으로 29살이 되던 해까지 5년이라는 시간 동안 대다수의 친구들이 유부의 길로 떠났다.

시시콜콜 연락을 하거나 계절마다 모여 여행을 가거나, 생일파티를 위해 당연한 듯 약속 장소를 정하거나, 또 아무 이유 없이 술 한잔을 하자며 만나 노는 숫자가 줄어드는 게 점점 눈으로 보이기 시작했다. '밥 먹자. 모여.', '오늘이야. 놀자.' 하는 말에 예전 같으면 어제도 갔던 단골 가게에 또다시 둘러앉아 있었을 것이다. 하지만 이젠 겨우 셋. 조촐하고 조용하게 저녁을 먹고 헤어지는 일이 다반사였다. 열댓 명이 넘는 숫자로 어딜 가든 인원이 많아 애를 먹던 예전의 우리는 사라진 지 오래였다. 서운했다. 서운함과 동시에 이젠 얼굴을 비추지도, 전처럼 시시콜콜 일상을 나누지도 않는 그들이 원망스러웠다.

"이 새끼들 이제 결혼했다고 연락도 안 하고, 나오지도 않고 다들 아주 글러 먹었어."

"진정해, 노맘. 이제 다들 가정이 생겨서 자기 앞가림하는데 바쁘지."

"예전처럼 맨날 모이자는 것도 아니고 1년에 한 번 얼굴 좀 보자는 건데, 즉흥으로 나오라는 것도 아니고, 시간을 좀 잡아보자는데 그걸 못 나와?"

10년이 더 흐르도록, 언제나 희로애락을 함께 했던 녀석들의 부재가 나는 왜 그리도 못마땅했는지. 결혼이란 건, 영원할 것만 같았던 친구들을 하나씩 빼앗아 가는 일이라 느껴졌다. 둘도 없는 내 친구가 누군가의 배우자가 된다는 것, 부모로서 살아가게 된다는 것, 그와 동시에 우리가 더 이상 예전처럼 놀 수 없게 되었다는 것. 그 변화를 받아들이지 못해 긴 시간 동안 마음에 단단한 응어리를 가지고 있었다. 여느 때처럼 시간 되는 사람들끼리 모여 저녁이나 같이 먹자는 말에 유부 녀석들이 나오지 못한다는 짧은 안부 인사를 전하던 날이었다. 평소 같으면 또 못 보냐며, '결혼식 이후 한 번을 보지 못했다'고, '대체 뭐가 그리 바쁘냐'며 서운함을 먼저 표현했겠지만, 그날은 무슨 이유에선지 '그래, 욕심부리지 말자.' 하는 말이 나 자신에게 전해지고 있었다. 욕심. '왜 욕심이란 단어를 떠올렸을까?' 하는 질문에 답을 알려주듯 곧 또 하나의 생각이 뒤를 이었다.

"우리는 우리 할 일을 다 했지. 다들 결혼해서 잘 산다고 하면 그걸로 됐지. 우리가 뭐 죽을 때까지 서로 의지하고 살 건 아닐 테니까. 진짜 평생 의지하고 살 제 짝을 챙기는 게 맞지."

그 생각을 하고 나니 화를 내는 방법을 잊은 것처럼 마음이 평온해져 왔다. 지난 시간 동안 가슴 한편에 쌓여 있던 불만은 녹아 없어진 지 오래였다.

'바쁜 사람들은 어쩔 수 없고. 되는 사람들끼리 모이자.' 하며 다음을 기약했다. 그래봐야 넷, 다섯이 전부였다. 이전에 비하면 적은 수였지만 이렇게라도 근황을 나눌 수 있는 오랜 친구들이 있다는 것에 감사하기로 했다.

"노맘. 무슨 일 있어? 오늘은 뭔가 느낌이 평화롭던데."
"이제 안녕 유부 하려고. 괜히 못 살겠다고 돌아오는 것보다 얼굴 안 비춰줘도 저렇게 잘 사는 게 나은 거 같아서. 문득 그런 생각이 들더라고. 그래도 너넨 결혼하면 1년에 한 번은 얼굴 비추기다."

게임에선 주인공 캐릭터가 길을 헤매지 않고 무사히 스토리를 따라갈 수 있도록 안내하는 'NPC'라는 보조자가 있다. 어디로 가야 할지 모를 때

화살표를 그려주고, 눈 앞에 닥친 문제를 해결할 수 있게 힌트를 슬쩍 건네주는 그런 존재. 임무를 완수하고 넘어간 후엔 다시 도움을 얻진 못하지만 그 자리에 서서 또 다른 여행자들의 여정을 안내하기 위해 기다려주는 길잡이다. 그런 생각이 들었다. '우리는 이제까지 서로의 여정에 함께한 NPC였다. 주인공을 인생의 궤도에 무사히 올려놓았으니, 우리의 역할은 끝났다.'라고 말이다. 걸어가는 그 길이 외롭거나 위험하지 않도록 목적지까지 함께한 '우리'였다. 사이가 소원해진 것이 아니라, 태도가 한순간에 바뀐 것이 아니라, 단지 임무를 완수했기 때문에 다시 제 여정을 시작하는 것이었다.

"친구를 소유의 대상으로 여겼던 걸까? 그래서 그동안 욕심을 부렸던 걸까?"

"에이, 그러기엔 늘 자기 일처럼 발 벗고 나서서 도우려 했지. 그냥 진심이었던 거야."

지난 시간 동안 '그땐 왜 그랬을까?' 하는 답을 찾기 위해 고민했다. 같은 방향으로 걷고 있을 뿐이던 '우리'를 받아들였고, 우리를 이루는 '개개인'을 인정하고 나서야 비로소 진짜 그들의 안녕을 빌어줄 수 있었다.

시간이 한참 더 흐른 후, 결혼으로 많은 것이 바뀌었고 혼란스러움이 있었다는 유부들의 속 이야기를 들을 수 있는 날이 있었다. 10년이 지난 뒤였다. 그때는 비록 힘들어서 말하지 못했지만, 지나간 지금에서야 말할 수 있었다며 미안하다고, 웃으며 지난 근황을 덤덤히 털어놓는 어른이 된 우리였다.

내 욕심으로 인해 수도 없이 나쁜 사람이 되어야 했던 나의 유부들. 굴하지 않고 버텨주었음에 여전히 안녕한 유부로, 또 인생의 선배로 남아준 그들에게 이젠 진심으로 고맙다는 말을 전하고 싶다.

안녕 유부,

NPC의 도움이 필요하면 언제든 나를 찾아와 줘.

단단하면
부러지는 법

대학 입학식을 앞둔 스무 살, 사회적 책임을 강조하는 성인의 대열에 합류하였지만, 아직 학생 티를 다 벗지 못한 과도기에 있던 나는 당시 사용하던 메신저를 통해 의문의 연락 한 통을 받게 되었다.

"안녕. 너 이번에 입학하는 신입생이지? 나 너 들어오는 과 선배인데."

그렇게 시작되는 채팅이었다. 이제 겨우 합격자 발표가 됐고, 같은 대학에 입학하는 신입생들이 커뮤니티에 모여 자신을 소개하기 시작한 때였다. 얼굴 모를 낯선 이가 보내온 대화에 나는 닫기 버튼을 눌렀고 곧이어 메신저는 새로운 연락이 도착했다며 반짝이는 알림을 보내고 있었다.

"인사 안 하니? 우리 과는 선후배 확실하니까 제대로 해. 너 싸가지 없다고 소문나서 내가 미리 알려주는 거야."

솔직히 나는 내가 입학하는 대학이 어디에 위치해 있는지도 모른 채 '언론 관련 학과네요.' 하며 원서를 제출했다. '인서울'을 강조하던 선생님들의 기대를 받던 학생이었지만 대학 타이틀보다는 오로지 자신이 배우고 싶은 학과를 고르는 데 여념이 없던 고집 센 청개구리였다. 당시 대학마다 치열한 경쟁률을 보이던 신문방송학과는 지금의 점수로는 불합격이 확실해 보이는 일이었다. 기자가 되고 싶어 관련 공부를 하고 싶다는 내게 느닷없이 중국어학과 지원을 권유하는 선생님이 이해가 가지 않았다. '우선 대학 타이틀을 봐야 한다.', '과는 입학하고서도 바꿀 수 있다.' 하는 설득이 이어졌지만 몇백 한다는 비싼 등록금을 내가며 관심 없는 걸 배우고, 시간 낭비를 하고 싶지 않았다. 인서울이 아니어도 상관없다는 생각으로 몰래 한 지방대에 수시 원서를 넣었고 수능 최저점을 맞춰 입학을 했다.

그렇게 연고도 없는 지방 도시에 느닷없이 등장한 '싸가지 없는 애'라는 표현이 무슨 말인가 싶어 어리둥절했지만, 신경 쓰일 일은 아니었다.

내 얘기가 맞나 싶어 대수롭지 않게 여겼다. 하지만 그 메신저를 시작으로 입학 후 1년이 더 넘는 시간 동안 일진 놀이에 심취해 있는 한 학번 위 선배 무리의 괴롭힘을 버텨내야 했다. 일명 '똥군기'였다. 그것은 예의를 가르치는 일이자 학과 질서라는 명분으로 묵인되곤 했다.

"그래도 버텨. 끝까지 버티는 놈이 이기는 거야."

선배들은 사석에서 그렇게 조언을 건넸다. 그래서 더 악착같이 버텼다. 은근한 괴롭힘과 유언비어, 함께 어울려 노는 동기들까지 나와 친하다는 이유 하나로 욕을 먹고, 비슷한 괴롭힘을 겪고 있었다. 처음부터 버티려고 한 건 아니었다. 대학 입학 3일 만에 자퇴를 해야겠다는 마음을 먹고 학과장 교수님께 면담을 신청한 일이 있다.

"교수님, 과가 좀 이상합니다. 고등학생들도 안 하는 일진 놀이를 여기서 해요. 대학생인데도 강의실 분위기는 고등학교보다 어수선하고 선후배 조직문화는 이상하게 엉켜 있어요. 제가 지원할 때 홈페이지에서 봤던 커리큘럼의 수업도 아니고 생각한 학과의 모습도 전혀 아닌 거 같습니다."

교수님 역시 1년만 버텨보라고 하셨다. 3일로 모든 것을 파악하기엔 아직 모르는 게 많을 거라고, 조금만 더 지켜보고 배울 수 있는 최대한의 것을 뽑아내 보라고, 그 외의 것들은 신경 쓰지 말라고 하셨다. 하지만 신경 쓰지 않으려고 해도 그들은 끊임없이 나와 내 주변 사람들을 공격해왔다.

"싸가지 없이 선배한테 인사 안 하고 지나갔으니까 오늘 1학년, 5시 반까지 다 집합해. 수업이 12시에 끝났는데 뭐, 집 간 애들 있으면 다시 돌아오라고 해. 다 모일 때까지 아무도 못 가."

'너네 과대가', '너네 과대 때문에', '이유는 너네 과대한테 물어봐.' 원인은 나라고 했지만 이유 없는 괴롭힘이라는 걸 이미 다들 알고 있었다. 나를 모르는 사람들이 나에 대해서 속속들이 알고 있다는 듯 거짓을 만들어 냈고, 가만히 있으면 그 이야기들은 사실이라는 듯이 사람들의 입에 오르내리고 있었다. 나 하나 괴롭히는 것으로 끝나는 것이 아니라 40여 명의 학과 신입생 전체가 연대책임을 지고 있었다. '이게 맞아요? 이렇게 하는 게 질서예요?'라며 끊임없이 물었다. 답을 들을 수는 없었다. 나와 동기들은 1년이 지나도록 그런 상황을 매일 겪다시피 하며 제발 이런 악행은 우리 선에서 끝내자고, 후배들에게 절대 똑같이 하지 말자고 다짐하고 또 다짐했다. 그럼에도 다행이었던 건 내 편이 되어준 사람들이 더 많았다는 사실이다. 고학번 선배들은 이따금씩 '야, 기죽지 마.', '쫄지 말고 수틀리면 그냥 한 번 들이받아.'라며 농담을 했다. 강한 척, 아무렇지 않은 척 그렇게 1년 내내 센 척만 하고 있던 어느 날, 복도에서 마주친 부학회장 선배가 이런 얘기를 건넸다.

"애써 강해지지 마, 강하면 부러져. 그냥 흔들리면 돼. 그럼 꺾이거나 부러지지 않으니까."

처음엔 그 말이 무슨 말인지 이해하지 못했다. 내가 강해져야 이 상황을 이겨낼 수 있고, 나로 인해 똑같이 어려움을 겪고 있는 주변 사람들을 지켜낼 수 있을 거라고 생각했다. 왜 강해지지 말라고 하는지 이유는 모르겠으나 그 말이 며칠간 계속 마음에 맴돌았다.

"선배님, 왜 강해지면 안 돼요? 강해야 이기잖아요."
"단단한 나무가 강하다고 생각하지만, 실은 물이 더 강해. 나무는 부러지지만 물은 부러지거나 꺾이지 않잖아. 상처 주는 말과 행동 때문에 에너지를 쥐어짜서 강해지려고만 하면 스스로가 부러지는 거야. 되받아치려 하지 말고 물처럼 그냥 흘려보내. 그게 네 마음이 다치지 않고 강해지는 방법이야. 그리고 혼자 모두를 지키려고 애쓰지 마. 괜찮아."

내 마음이 다치는 건 생각하지 않았다. 날아오는 화살을 막아내려면 내가 더 단단해져야 한다고 생각했다. 이후 학과 2학년 중반에 접어들었다. 같은 동아리에서 활동하던 몇몇 선배들이 '내가 그동안 오해했다.', '못살게 굴었다. 미안하다.' 하는 사과를 해 관계를 바로 잡아나갈 수 있었다. 강해지지 말라고 조언한 선배는 졸업 직전까지, 내가 중심을 놓치지 않도록 이끌어 주는 정신적 지주이자 키다리 아저씨가 되어주었다. 서툴고 어려 마냥 강해지기 위해 애쓰기 바빴던 나의 스무 살이자 심적으로 힘들었던 1년 반이 지나고 나서야 비로소 조금씩 숨통이 트이던 대학생활이었다. 그 시간을 지혜롭게 지나 보낼 수 있게 해주었던 나의 사람들에게 오늘도 또 한 번 감사한 마음을 전해본다.

오해와 거짓 앞에 나를 믿어주는 사람들이 있다는 것.
당신들이 있기에 지금의 내가 존재합니다.
진심으로 고맙습니다.

안부를 묻는
사람이 되다

"저놈의 새끼는 다니고 싶대서 보내면 꼭 한 달을 못 넘어가네."

어릴 적 기억 속의 동생은 그랬다. '태권도 학원이 다니고 싶다'고 해서 보내면 흰 띠로 한 달, 컴퓨터 학원이나 보습 학원에 보내도 한 달. 무슨 이유에선지 동생은 꼭 한 달이면 그만하겠다는 말을 하곤 했다. 그러던 동생이 이번엔 검도 학원에 다니고 싶다는 이야기를 했다. 호기심에 따라온 지하 1층 검도관은 무언가 절제된 느낌과 차가운 공기, 정갈하게 정리되어 있는 물건들이 주는 묘한 압박감이 있었다. 벽장에는 호구라고 불리는 보호장비가 하나 가득 진열되어 있었는데 크게 쓰여 있는 이름

석 자를 보는 것만으로도 괜히 마음이 뜨거워지는 것만 같았다. 줄넘기로 몸풀기를 시작한 동생은 관장님이 건네주신 남색 도복을 갈아입고는 죽도를 잡는 방법부터 배워나가기 시작했다. 검도를 배우러 온 건 동생이었지만 관장님은 같이 해보라며 내게도 죽도 하나를 쥐여주시고는 바른 자세를 알려주셨다. 1시간 남짓의 수업을 마치고 집에 돌아온 나는 한껏 신이나 '나도 검도 다닐래!'라고 외치고 있었다. 누나, 장녀, 맏이, 큰딸. 첫째라는 이유로 늘 많은 걸 양보해야 했고 참아야 했던 고충을 누구보다 잘 알고 있던 엄마는 늘 까부는 동생에도 묵묵히 참고만 있던 누나가 매운맛을 제대로 보여줄 수 있는 기회가 만들어졌다며 기뻐했다. 엄마는 관장님께도 '누나 말을 잘 안 듣는 동생이니 잘 부탁드린다'는 말을 전했다. 보다 더 직접적인 표현으로 내게 슬쩍 '못 까불게 쥐어패고 와.'라고 할 정도였다. 운동으로 동생을 훈육한다는 건 말처럼 쉬운 일은 아니었다. 하루 앞서 검도를 시작한 동생은 누나가 뭘 아냐며 선배 노릇을 하려 했다. 그럴 때마다 관장님은 검도는 선후배 운동이 아니라 '나 자신을 다스리는 정신 수양'이라고 강조하셨다.

"건방지게 하지 말고 배운 대로 해! 계속 공격 들어오잖아."

평소 자신에게 지는 누나는 힘이 없고 만만한 상대라고 자만했던 동생은 대련이 생각대로 풀리지 않자, 막무가내인 태도를 보였다. 무작정 이기려고 휘두르기 바쁜 검에 동생은 빈틈을 더 많이 보일 수밖에 없었고, 나는 그 틈새에 검을 내려치면 될 뿐이었다. 검도 수업이 끝나면 입이 반쯤 튀어나온 동생과는 달리 통쾌함을 느낌과 동시에 스트레스까지 풀고 오던 나였다. 동생은 누나에게 졌다는 사실이 분한지 집에 와서도 한참을 씩씩거리며 '치사하게 반칙 쓰지 마!'라고 외치곤 했다. '한 달을 넘길 수 있을까?' 싶던 동생은 약 8개월간의 수련을 마치고 더 이상 모습을 보이지 않았다.

혼자 검도관을 다니기 시작한 나는 죽도를 휘두르다 간간히 어깨 탈골을 겪었지만, 그럴 때마다 관장님의 빠른 조치로 병원 치료 없이 고비를 잘 넘겼다고 생각했다. 한두 차례 빠지기 시작한 어깨는 검도를 그만둔 이후에도 습관성 탈골로 자리를 잡아 이따금씩 빠졌다 들어가기를 반복했다. 따로 하는 운동이 없는 동안은 잠잠했던 어깨였다. 성인이 되고 나서는 건강 관리를 위해 운동을 찾아서 해야만 했다. 친구들을 따라 헬스장을 오가며 근력 운동이 주는 매력에 푹 빠져 있던 내게 느닷없이 어깨 탈골이 찾아왔다. 오랜만이라 놀라웠고 갑자기라 당황했지만 이미 아는 고통이었기에 지난 십여 년간 느꼈던 것처럼 며칠 쉬면 괜찮아질 거라 생각했다. 하지만 통증의 정도가 다른 때와는 분명 달랐다. 다음날 곧장 정형외과를 찾았고 MRI 결과 '관절와순파열'이란 진단이 나왔다. 급성은 아니고 꽤 오랜 시간에 걸쳐 진행된 것으로 보인다며 전에도 이런 경험이 얼마나 있었는지를 물으셨다.

"어릴 때 검도를 한 2년 했었고 그때 처음 탈골이 시작돼서 습관성으로 한 번씩 빠졌다가 들어가곤 했어요. 통증이 심할 땐 한 번씩 주사치료를 했었는데 이렇게 세게 빠진 건 2년 만에 처음이에요."
"관절이 거의 찢어진 상태라 수술을 해야 할 거 같아요. 수술 자체는 어렵지 않은데 재활을 6개월에서 1년 정도 생각해야 해요."

눈앞이 캄캄해졌다. 대체로 쉼 없이, 습관처럼 해오던 운동이었기에 팔걸이를 하는 3주 내내 무기력함이 이어졌다. 수술과 회복을 위해 회사와 3개월가량 병가를 내 쉴 수 있는지 일정을 조율하기 시작했다. 모든 게 스트레스로 다가왔다. 알음알음 소식을 듣고 걱정을 하는 사람들이 있어 SNS에 현재 상태와 주치의 소견을 공유하니 여기저기서 연락이 오기 시작했다. 이미 내가 어떤 어깨 질환이 있는지를 알던 지인들을 포함해 '팔로우'라는 이름으로, 만나본 적은 없지만 사는 이야기를 간접적으로 볼 수 있던 이들까지 위로를 보내고 있었다.

"조급해하지 않는 게 중요해요. 다른 데도 마찬가지겠지만 특히나 어깨는 손상이 가면 회복이 쉽지 않아서 정말 신경 써서 관리를 해야 되거든요. 지금 1, 2년 반짝 운동하고 말 거 아니시잖아요. 욕심내지 말고 일단 치료 잘 받고 회복할 생각만 하세요.”

“수술 보류하고 좀 더 지켜보기로 했다며? 다행이다. 일단 재활에 집
중해. 수술은 피할 수 있으면 정말 안 하는 게 제일 좋지. 진짜 다행이야.
좋은 의사 선생님을 만났네.”

주변 사람들이 나서서 내 일처럼 걱정을 해주었고, 어깨 치료를 받았
던 자신의 경험을 나누어주며 안심을 시켜주기도 했다. 무엇보다 세 마
디 이상 대화를 나누면 싸움으로 번지던 동생은 어느덧 서른이 되었고,
이제는 농담 섞인 진심을 나눌 수 있는 사이로 자라있었다.

“누나, 팔 새 걸로 갈아 끼우고 싶어서 일부러 뺀 거야? 아직 의료기술
이 그렇게까지 안 될 텐데. 조금만 더 조심히 아껴 쓰다가 나중에 바꿔.
아휴, 하여간 성질이 급해서 그냥 막 빼네.”

남이 어떻게 해줄 수 없는 문제인데 괜히 징징거리지 말자며 스스로
를 몰아붙였다. 좋은 소리만 나눠도 모자란 귀한 시간에 ‘아프다.’, ‘힘들
다.’ 하는 건 내가 가진 어둠을 한 조각 떼어 주는 일 같았다. 하지만 ‘무
슨 일이야?’ 묻는 한마디는 현재 내 감정을 털어놓을 수 있게 했고, 다시 ‘괜
찮아?’ 묻는 한마디에 ‘아프다.’, ‘속상하다.’ 하는 내색을 할 수 있게 됐다. 입

밖으로 힘듦을 표현하고 나니 답답했던 마음이 한결 가벼워졌다. 그렇게 응원과 위로가 이어지자 쿵쾅거리던 심장이 평온해져 왔다.

"치료 잘 받으면 괜찮아지는 건데 우울해하지 말자. 겨우 팔 운동 못하는 거잖아. 걷기라도 하면 되는 거야. 그래! 내가 뭐 운동선수도 아니고."

할 수 있는 걸 하면 된다고, 괜찮다고 나를 응원했다. 단지 사람들이 보내주는 메시지만 읽었을 뿐인데 기분전환이 됐다. 더 이상 아무것도 할 수 없다고, 이대로 끝났다고 여기던 먹구름이 걷히는 데까지 꼬박 한 달이란 시간이 걸렸다. 실질적인 해결책을 주는 것이 아니라 단지 힘들다는 것을 표현할 수 있게 해준 것이었다. 걱정을 삼키지 않고 토해낼 수 있게 물어봐주고 들어주는 것이었다. 그러나 그것만으로도 마음이 회복할 수 있었고 다르게 생각하는 방법을 찾을 수 있었다. 걱정과 위로, 그리고 농담과 응원을 통해 좋은 에너지를 건네던 이들 덕분에 공감이 주는 힘에 대해 또 한 번 배울 수 있던 그런 날이었다.

이제 그 말이 주는 힘을 믿고 마음껏 써보기로 했다.
'무슨 일이야?', '괜찮아?' 하며 누구에게라도 묻는 것.
그 빛이 전해질 수 있도록 나 역시 작은 종이비행기에 마음을 실어본다.

인생이
끝난 게 아니다

　서른이 된다는 건 세상에 뭔가 대단한 일이나 성과를 선보여야 하는 나이라고 생각했다. 허나 지금의 난 이룬 것 하나 없이, 서른을 코앞에 둔 스물아홉의 1월을 맞이하고 있었다. 온 세상이 무너지는 것처럼 마음이 무거웠다. 딱히 이유는 없었다. '아무것도 한 게 없는데 서른이라니.' 하는 그 하나가 나를 슬프게 했다.

　도서관 검색대에서 '서른'을 입력하면 나오는 책을 모조리 빼다가 읽었다. 『인생은 서른 살부터…』, 『서른이면 시작해야 하는…』, 『서른에 1억 만들기…』, 『서른 살 여자에게 전하고 싶은…』 등 제 분야에서 할 수 있는 좋은 말이 모두 쓰여 있었다. 하지만 나이 감옥에 갇힌 나를 꺼내기란 역부족이었다. 봄이 지나도록 마음을 잡지 못한 채 스물아홉의 여름을 맞이했다. 서른이면 내 이름으로 된 집 한 채는 있을 줄 알았고, 새빨간 스포츠카로 도로를 누비거나 주말 아침이면 여유롭게 한강 러닝을 즐기는 커리어 우먼이 되어 있으리라 생각했다.

"결국 나는 아무것도 아닌 사람이었구나. 모든 게 끝났어. 걱정만 하던 채로 어영부영 시간이 흘렀어. 실패한 인생인가. 한 게 없다고 해놓고도 또다시 아무것도 하지 않은 채 반년을 날려버렸어."

자책 가득한 생각 속을 벗어나지 못하고 점점 더 깊이 빠지고 있었다. 스스로 쉼 없이, 참 열심히 살았다고 생각했지만 내가 꿈꿔온 서른의 모습과 서른을 앞둔 현실의 나는 비교하면 할수록 초라하고 비참하게만 보였다.

그러다 오랫동안 얼굴을 보지 못했던 대학 동기와 저녁을 먹겠다며 홍대로 향하던 날이었다. 지하철을 가득 메운 사람들과, 거리를 바쁘게 걷는 사람들을 보며 '다들 진짜 열심히 사는구나.' 하는 생각을 떠올렸다. 곧 '나는?' 하는 물음표가 가슴을 쳤다.

"에이, 너 서른이라는 말에 꽂혀서 그렇지. 사십이, 오십이, 육십이, 하물며 팔십, 구십, 장수 노인을 위한 어쩌고 하는 책들이 널렸는데 뭘. 서점에 다시 가서 봐봐. 괜히 주변에서 아홉수가 어쩌고, 옛날 같으면 서른엔 어쩌고 해서 그래. 그냥 나이 한 살 더 먹는 건데, 꼭 뭘 해야 하는 것처럼 부담을 주니까. 잘살고 있는데도 아무것도 안 한 사람을 만들어버리잖아. 다 필요 없어. 맘대로 살아. 우리가 여기서 뭘 더 열심히 살아. 충분해, 충분해."

서글서글한 인상과 상대를 편안하게 해주는 언변을 가진 동갑내기 그녀는 몇 년 만에 만난 내가 털어놓는 요즘의 고민에 '쫌', '뭐', '아니' 하며 목소리를 높이기 시작했다. 왜 서른만 검색해 보냐는 그녀의 강한 사투리 억양이 몇 개월째 눈앞에 서 있던 높은 벽을 단숨에 내려치고 있었다. 산 정상에 올라서서 시원한 바람을 한껏 맞고 있는 듯 상쾌함이 느껴질 정도였다.

"그래, 나이 한 살 더 먹은 거뿐이야. 서른이라고 뭐 다를 건 없잖아. 처음이니까 불안한 거야. 사람 마음 똑같지, 뭐."

집에 가는 길목에 있는 한 대형서점을 찾았다. 40세, 50세, 60세. 하물며 100세까지 각기 다른 연령대를 검색해 보다가 『오십을 앞둔 이들을 위한…』 책 하나를 집어 들었다. 무엇을 시작함에 있어 나이라는 장애물에 겁먹지 말라며 용기를 주던 책은, 쓰여 있는 50이라는 숫자를 30으로 바꿔 읽는데도 자연스럽게 읽힐 만큼 이상함이 없었다.

'봐라. 서른뿐 아니라 중년, 노년, 고령, 그 어떤 걸 검색하든 비슷한 걱정을 할 거고 방법도 비슷비슷할 거야.' 하던 그녀의 목소리가 다시 또 들려오는 것 같았다. 순간 속이 후련해짐과 동시에 눈물이 핑 돌았다. 누가 볼까 싶어 황급히 눈물을 훔치고 나니 언제 그랬냐는 듯 피식피식 웃음이 튀어나왔다. 그때부터는 그동안 뭐가 그렇게 나를 조급하게 만들었던 건지가 궁금해졌다. '왜?'라는 질문에 답할 마땅한 이유를 찾진 못했지만 생각의 틀을 깨준 그녀 덕에 스물아홉의 가을도, 그리고 찾아온 겨울도 가벼운 마음으로 지나 보낼 수 있었다.

걱정으로 잠 못 이루던 연초와 달리 이른 저녁부터 푹 자고 일어나니 해가 바뀌어 있는 그런 서른을 맞이했다.

"서른이라니! 우리가 서른이라니!"
"곧 우리가 마흔이라니! 라는 말을 하고 있을 것 같은데?"
"농담이 아니라 진짜 시간이 너무 빨리 지나가서 마흔도 금방일 거 같아."

모든 게 끝났다고 생각했던 그 시기도 막상 닥쳐보니 단순한 내일에 불과했다. 그리고는 곧 '서른도 별거 없네.' 하며 지나가는 하루가 시작됐다. 무엇이 나를 패배감에 빠트렸던 건지 그때 그 감정이 허무하고 보잘것 없이 느껴질 만큼 평범한 나의 서른이었다. 한 해가 어떻게 지나갔는지는 모르겠지만 곧 내년을 맞이할 준비를 해야 했다. 새해를 한 달 앞두고, 올해를 돌이켜보니 변한 게 딱 하나 있었다.

'있는 그대로의 우리를 받아들일 줄 아는 여유'
'꼭 예쁘지 않아도, 자연스러움을 값지게 받아들이는 마음'

20대에는 뭐가 됐던 늘 예쁘고 싶었다. 조금 고통스럽고 불편하더라도 예쁘게 보이는 게 중요했다. 굽 높은 하이힐도, 배불리 먹지 않는 식사도, 겉으로 보이는 게 예쁠 수만 있다면 힘들어도 참을 수 있었다. 30대가 되니 나다운 모습, 우리의 시간이 녹아 있는 것이 좋아졌다. 잔뜩 꾸미고 힘을 주기보다 바보 같은 웃음과 그런 웃음들이 파놓은 주름이 있다는 게 즐거움으로 다가왔다. 예쁜 척 굳어있는 모습보다 웃음소리가 들릴 듯한 생생함이 사진에 담기는 일이 늘어나기 시작했다. 그럼에도 신경이 쓰인다거나 사진을 지우기 위해 애쓰지 않았다. 이런 게 나이를 먹는다는 건가?' 하며 우리는 지금 그대로의 모습을 받아들이기로 했다.

'그래, 나이가 든 거니까.'

'매일'이라는 일상은 당연했지만 '새해'라는 변화는 불안했다. 생각해 보면 1년에 딱 한 번. '내일'의 다른 이름이었을 뿐인데 말이다. 스물, 서른, 마흔, 쉰. 반복되는 일상에서도 10년마다 한 번씩, 주기적으로 찾아 오는 날이기에 헤쳐 나가는 우리의 매 순간이 더 값지고 소중해진다.

오늘의 나와 추억을 만든 사람들. 내일의 나와, 또 그다음 날의 나와 함께 하는 사람들. 곁에 있는 것만으로도 진심이 전해지는 그런 사람이 되었으면 한다.

지난날,
아무렇지 않게 벽을 깨준 그녀처럼 말이다.

여전히
눈물은 흐르지만

시골집에는 담장 곳곳에 개구멍이라고 하는 틈새가 참 많았다. 문밖에서 왈왈 짖는 소리가 그치지 않아 나와 보면 길고양이들이 들어와 강아지 사료를 훔쳐 먹거나 닭장에 쏟아주려고 내놓은 과일 껍질을 베어 먹고 있는 마당 풍경을 볼 수 있었다.

할아버지의 식사 시간을 잘 맞춰 찾아온 고양이는 '나비야.'라고 부르는 할아버지 목소리에 쪼르르 달려와 부엌문 옆에 자리를 잡았다. 바닥에 비비적거리며 애교를 부리면 할아버지는 식탁에 올라와 있는 고기 한점, 생선 한 점, 물 말아 잡수던 밥 한 숟가락까지 앞에 던져주셨다. 상을 치운 뒤, 당신께서 부엌을 나설 때야 달려오는 놈이 있으면 '없다, 밥 없다.' 하시면서도 할머니 몰래 슬쩍 밥통을 열곤 하셨다. 쨍쨍 소리가 나는 은색 국그릇에 밥을 몇 숟갈 퍼 담고 찬물에 휘휘 말면 뒷짐에 슬쩍 숨겨 마당 구석으로 가셨다. 곳곳엔 할아버지가 몰래 둔 국그릇이 빗물을 채우고 있었다. 그러다 미처 치우지 못한 밥공기가 할머니 눈에 띄는 날이면 할아버지도 나도 크게 혼이 났다.

시골집 마당 한가운데에는 아빠가 직접 사다 심은 작은 포도나무가 있었다. 20년이란 시간 동안 거듭 성장하던 나무는 마당 전체를 가려줄 수 있는 큰 나무로 자랐다. 삼촌이 만든 평상에 누워 있으면 가지 사이로 들어오는 햇살이 참 좋았고, 길고양이들은 평상에 뛰어 올라와 함께 일광욕을 즐기곤 했다. 할아버지가 '나비야, 나비야.' 하면 언제 들어와 있었는지 마당 곳곳에서 종종걸음으로 달려오던 녀석들이었다. 할머니는 '어딜 올라와! 저리 안 가!' 하며 호통을 치셨고 마침내 빗자루를 집어 드셨다.

그럴 때마다 우리는 강아지 사료 한 줌을 손에 쥐고는 대문 밖으로 자리를 피했다. 키우는 고양이들이 아니었음에도 매일 비슷한 시간에 나타나 얼굴을 비추고 사라지거나 마실 나가는 할아버지를 따라 시골길을 걷던 고양이들이었다.

한동안 안 보이던 녀석이 훌쩍 자란 모습으로 들어올 때나 배가 불러 나타날 때면 할아버지는 냉장고에서 나비가 먹을 만한 음식을 뒤적거리며 물 말은 밥에 섞어 주시곤 했다. 언제 오든, 어떤 고양이든지 간에 할아버지는 '나비야.' 하는 그 이름 하나로 모든 고양이를 부르셨다.

할아버지가 돌아가신 후에도 쉽게 잊히지 않는 세 글자였다. 일상을 지내다 보면 문득문득 할아버지가 그리워지는 날이 있다. 다른 무엇보다도 '나비야.' 하시던 그 목소리가 유독 귓가에 맴돌곤 한다. 그럴 땐 주저 없이 마음으로 외치곤 한다.

"이번 주엔 하늘공원 가야지. 우리 할아버지 보러 가야지. 보고 싶어서 목소리가 들리네."

그렇게 주말이 되면 당신이 즐겨 드시던 빨간 소주 한 병과 냉장고 속 음식 하나, 과일 하나를 챙겨 나 홀로 납골당에 간다. 선반을 열면 보이는 할아버지 사진에 눈을 맞추며, 그동안의 일상을 나눈다. 때론 나의 고민도 전하고, '그럼에도 잘 풀어 나가볼게.' 하는 굳은 다짐도 하고 온다.

"할아버지, 나 요즘 회사 일이 엄청 바쁘거든. 집에서는 거의 잠만 자고 나오는 거 같아. 엄마 아빠 볼 시간도 없어. 근데 뭐, 밥 굶는 거보단 낫겠지? 그렇게 생각하고 있어."

"아빠는 요즘 바다낚시를 다니는데 아이스박스에 번쩍번쩍한 갈치가 한가득인 날도 있고 딸랑 고등어 한 마리 들어 있는 날도 있고. 나보고 겨울에 캠핑하는 거 춥지 않냐, 어떻게 겨울에 집 밖을 나서냐고 하더니 그 추운 날에 바다로 낚시를 가."

"우리 집 장남은 얼마 전에 회사를 옮겼는데 좋은 곳에 자리를 잡아서 다행인 거 같아. 자기네 회사 전망이라고 사진을 보여주는데 참 멋있더라고."

술 한 잔 따라놓고, 과일 깎은 접시 하나 올려두고, 할아버지가 즐겨 드시던 믹스커피 한 잔 올려놓고. 그렇게 하고 싶었던 이야기를 혼자 마냥 중얼거린다. 그러다 눈물이 터지면 울고, 즐거운 생각이 나면 웃고 그렇게 멀뚱히 서서 모든 감정을 풀어놓는다. '할아버지, 나 아직도 얘기하면서 울어. 진짜 눈물도 많지?' 하며 혼자 허탈하게 웃다 훔쳐보는 눈물이지만 주변의 눈치를 살필 필요는 없다. 이곳에 있는 사람이라면 누구나 느끼는 마음일 테니까. 그렇게 할아버지와 마주한 채 이야기를 나누다 돌아온다. 이별에는 시간이 필요하다고 하지만, 여전히 당신께서 남긴 따뜻함과 목소리에 눈시울을 붉힌다.

시간이 지날수록 달라지는 게 있다면 그리운 마음과 슬픔을 애써 참거나 숨기려 하지 않고 표현한다는 것이다. 이렇게 납골당에 찾아와 누구도 듣지 않는 이야기를 혼자하고 있음에도, 나는 이것이 할아버지를 그리워하는 방식이자 덤덤히 이별을 받아들일 수 있게 성장하는 과정이라 생각하기로 했다.

2008년 당신께서 떠난 후 줄곧 보고 싶지만 만날 수 없다며 괴로워만 하던 나였다. 이젠 슬픔을 받아들이는 것이 조금은 어른스러워졌다. 가장 큰 변화는 이겨내려 하지 않는다는 것이다. 먹먹한 마음을 아무도 눈치 채지 못하게, 꽁꽁 숨겨 두었다가 조용히 삭이곤 했다.

이제는 할아버지가 생각나는 날엔 보고 싶다고 소리 내어 운다. 다음 날 팅팅 부은 눈을 보며 사람들이 너도나도 무슨 일이냐고 물어도 덤덤히 웃으며 이야기를 한다.

"느닷없이 할아버지가 생각나서 울었더니 이렇게나 부었어요. 오후 되면 슬슬 돌아오겠죠?"

또 다른 어느 날, 할아버지와의 수다를 위해 오늘도 하나둘씩 이야깃거리를 담는다. 시간이 꽤 걸렸지만 이젠 할아버지와 슬픔도 즐거움도 함께 공유한다고 여길 수 있는 건강한 애도를 하고 있기 때문이다.

　보다 단단해진 마음으로 외쳐 보는 말, 여전히 눈물은 흐르지만 웃으면서 전할 수 있는 말이 나를 기다리고 있다.

> 할아버지,
>
> 나 이번 주말에 갈게. 조금만 기다려.

단 한 사람이면
된다

"자유로이 세상을 노닐다. 누구나 옷장에 즐겨 입는 한복 한 벌이 있으면 좋겠습니다."

꿈꿔왔던 일을 실행에 옮겨 보겠다며 패기 하나로 세상에 출사표를 던진 스물여섯 청춘이었다. 한복이 비싸서 없다는 말 대신 누구나 예쁜 한복 하나쯤은 가지고 있었으면, 언제든 입고 즐겼으면 하는 마음으로 시작한 일이었다. 홀로 세무서에 가서 사업자등록을 했고 운영하는 지금의 블로그를 통해 판매할 수 있도록 모든 준비를 마쳤다. 생활한복 '노닐다'라는 이름으로 사업을 시작하고 5개월쯤이 지났을 무렵이었다. 이제껏 나의 선택이나 결정에 있어 큰 반대가 없었던 부모님이 어쩐 일인지 사업을 함에 있어서는 은근한 압박을 보내고 있다는 게 느껴졌다.

"남자들도 하기 힘든데 여자애가 무슨 사업이야. 대학 졸업했으면 얼른 직장 자리 잡고 시집갈 생각을 해야지."
"휴학해서 남들보다 나이도 더 먹어놓고 어쩌려고 그러나."

그런 말들이 내게 직접 전해지는 것이 아니라, 가까운 사람들을 통해 돌고 돌아 다시 내게로 들려왔다. 그런 반대를 무릅쓰고도 시작한 사업이었다. 그래서 더 '성공하겠다', '보여주겠다'며 이를 악물었다. 새벽 4시 반이면 나의 하루는 시작을 알렸다. 새벽 기차를 타고 올라가 시장 상인들에게 명함을 돌리면서 새로 시작한 업체라고 눈도장을 찍었다. 원단시장을 다녀오는 날엔 묵직한 가방끈이 어깨와 팔을 짓눌러 빨갛게 피멍 자국을 만들어 놓기 일쑤였다.

하나둘씩 가게가 문을 닫기 시작하는 오후가 되면, 시장 길목 이모님들이 바로 끓여주시는 손칼국수 한 그릇에 몸을 녹이고는 어둠을 따라 집에 돌아오곤 했다. 사업이라는 거창한 말로 불렸지만, 원단구매부터 시작해 한복을 만드는 일, 사진 모델이 되는 일, 편집을 거쳐 홍보하는 일, 그리고 주문 건을 처리하는 일까지 그 모든 과정을 혼자 해야 했다.

하루 두세 시간 쪽잠을 자면서도 한 벌 한 벌 옷을 만들어 보냈고, 그들이 전하는 후기를 읽을 때면 힘듦이란 게 사라져버리는 기분이 들었다.

운영 초기에는 재룟값을 오롯이 다 벌지 못했으니, 주문이 없을 땐 적자를 메우기 위해 한 번씩 단기 아르바이트를 하러 나갔다. 그렇게 시간이 지나니 '노닐다'를 알아주는 사람이 생겨났고 동시에 나는 누군가의 경쟁업체가 되어 있었다. 덤덤한 척했지만, 들쑥날쑥한 매출, 불확실한 미래 앞에 내심 초조하고 불안했던 게 사실이다. 여전히 집에선 내 일을 한낱 애들 장난으로 여기는 눈치였다.

어느 날, 집 근처에 사는 친구로부터 술 한잔을 하자는 연락이 왔다. 벌써 20년 넘게 함께하는 사이이기에 그녀는 언제 만나도 편하고 좋은 사람이었다. 근래에는 초반보다 성장이 더딘 데서 오는 압박감과 보이지 않는 경쟁, 누적된 피로 등 스트레스가 쌓여 있는 상태였다. 부담은 잠시 내려놓고 요즘은 어떻게 사는지 이야기 하다 보면 지친 기분이 나아질 거라 생각했다. 어릴 적부터 자신보다 큰 가야금을 메고 다니던 그녀는 음악 선생님이 되어 아이들을 가르치고 있다. 긴 시간 동안 굳건하게, 자신의 분야에서 장인이 된 그녀가 지금 생각해도 참 멋있다고 느껴진다. 하지만 그녀가 내 마음속에 더 좋은 사람으로 기억되어 있는 건 이날 그녀가 내게 해준 한마디 때문이었다. 평소처럼 닭발에 소주 한 잔이라며 술잔을 부딪치다가 근래 내가 느끼는 부담감에 대한 이야기를 나누게 됐다.

"나는 계속하고 싶은데, 집에서는 얼른 취업이나 하지 사업한다고, 안정적이지 않다고, 여전히 걱정을 하시네. 주변 사람 모두 응원해 주고 있는데. 근데 그게 너무 힘들어. 아휴, 취했나 봐. 나 왜 울어? 하하…."

얘기를 하다 보니 울컥하는 감정이 솟구쳐 눈물이 터지고 말았다. 언제나 씩씩한 모습만 보여 왔던 내가 소리 내어 서럽게 우는 모습을 보인다는 게 친구의 눈엔 참 안쓰럽게 보인 모양이었다.

"노맘, 너는 언제나 잘 해왔잖아. 잘하고 있어. 지금도 충분히. 걱정하지 마."

그리 대단한 표현도 아니었는데 덤덤한 그 위로가 왜 그렇게도 좋았을까. 그녀가 건넨 한마디가 그동안 쌓여 있던 답답함과 우울함을 한순간에 녹여주는 것 같아 더 서럽게 울었다. 그때 알았다. 힘내라는 말 백 마디보다 잘하고 있다고, 괜찮다고, 널 믿는다는 말이 왜 힘이 된다고 하는지를. 이미 할 수 있는 것 이상의 힘을 내고 있었기에 힘내라는 말은 아무런 도움이 되지 못했다. 생각지도 못한 잘하고 있단 말이 내게 용기로 다가왔다. 스스로 잘 하고 있는지 끊임없이 의심을 하고 있었다. 그날의 따뜻함은 여전히 내 마음을 단단하게 잡아주고 있다. 한참 시간이 지나 이 이야기를 그녀에게 했던 적이 있다.

"내 인생에 터닝 포인트가 언제냐고 물으면 너랑 닭발 먹다가 펑펑 운 그날을 이야기할 거야. 네가 해준 그 말이 신의 구원처럼 느껴졌거든."
"종교 생겼어? 그때 뭐 별말 안 했는데 신까지 나와."

기도하듯 두 손 모아 그날을 묘사하니 그녀는 어이가 없다는 듯이 웃어 보였다. 하지만 정말이었다. 그녀의 한마디가 절벽 끝에 아슬아슬하게 서 있던 나를 구해냈다. 흘리듯 뱉은 한마디에 상대는 인생을 바꾸는 큰 위로를 얻기도, 또 걷잡을 수 없는 거대한 상처를 입기도 한다. 그래서 이 말을 연습한다. 무심코 건네다 보면 언젠가 한 사람은 꼭, 나처럼 앞으로의 시간을 새로이 쓸 수 있는 용기를 가질 수 있으리라 믿어서. 그렇게 언제든 자연스럽게 건넬 수 있는 사람이 되고자 한다.

잘 하고 있어.
괜찮아.

오롯이 혼자만
간직하는 것

 신년운세엔 지난해보다 일복이 더 많이 들어와 있어 정신없는 한 해가 될 테니 무엇보다 건강관리를 잘해야 한다고 했다. '어차피 일복은 타고났는데 뭐 많아 봐야 얼마나 많겠어.', '일복도 복이라고 받아들이면 편해.'라고 생각했다. 하지만 정말 강도와 정도가 남다른 일복이 연초부터 시작됐다. 벌써 6개월째임에도 진전 없이 반복되는 업무와 야근에 체력적으로나 정신적으로나 피폐해지고 있었다. 저녁 9시가 넘어서야 근태관리기는 '안녕히 가십시오.' 하는 말을 내게 했다. 조용하고 적막한 사무실에 울려 퍼지는 그 목소리를 들을 때면 '나는 왜 이렇게까지 일을 하고 있을까?' 하는 허탈함이 몰려왔다. 스스로 한계점에 다다른 것 같았다.

내 건강을 지키기 위해서라도 퇴사를 진지하게 고민해 봐야겠다 싶어 당장 3일 뒤에 떠날 수 있는 제주행 티켓을 끊었다.

"한라산에 갈 거야. 백록담을 보고 오면 힐링되겠지."
"너는 쉬러 간다면서 한라산을 간다고?"
"나도 그건 말리고 싶네. 쉬는 게 아니라 남은 체력마저도 한 줌 재가 되겠는데?"

이미 지쳐 있는 상태이기에 더 탈이 날 거라며 걱정을 했다. 하지만 이번 여행의 목적은 오로지 하나, 한라산 정상에 오르는 것이었다. 여행 출발 전날까지도 숨이 턱 막히는 업무 스트레스와 마주하고 있었다. 재차 울리는 메신저에 '사라져 버리고 싶다.' 하는 생각을 떠올린 나 자신을 보며 '번아웃이 코앞까지 찾아왔구나.' 하는 걸 느끼고 있었다. 꼭 제주도가 아니더라도 휴식이 필요한 시점은 분명했다.

그렇게 난생처음, 별다른 계획 없이 혼자 하는 여행을 떠났다. 혼자서 밥도, 영화도, 구경도 잘하고 다니니 여행도 비슷할 거라 생각했다. 하지만 홀로 여행한다는 건, 어딘가 어색하고 낯설기만 한 감정이었다. 떠난다는 설렘이나 여행지에서의 즐거움을 나눌 사람이 없었다. 의견을 나누거나 의지할 동료가 없다는 것을 의미하기도 했다. 모든 것을 혼자 보고,

혼자 찍고, 또 혼자 간직해야 했다. 제주공항에 도착하는 순간까지도 내 머릿속은 온통 '심심해'로 채워져 있었다. 공항 리무진을 타기 위해 매표소에서 몇 마디 대화를 나눈 것을 빼면 출발부터 지금까지 말 한마디 없이 제주에 도착한 것이다.

"혼자 여행하지 마. 이제 겨우 공항에 도착했는데 벌써 심심해. 재미없어. 아직 4일이나 남았는데 큰일이야."

다음 날 새벽 3시 반. 차가운 공기를 뒤흔드는 알람이 요란하게 울리기 시작했다. 쉽사리 몸이 일으켜지진 않았지만, 초행길 등반을 함께 할 동행과의 약속 시간이 있었기에 몸을 일으켜야만 했다. 빛 하나 없는 새벽 5시의 탐방로는 정말이지 검은 어둠 그 자체였다. 비추는 불빛마저도 집어 삼켜버리는 듯한 적막에 발걸음이 떨어지지 않았다. 처음 느껴보는 오묘한 기분이었다.

"저 혼자 왔으면 입구에서 해 뜰 때까지 못 가고 있었을 거 같아요."

날씨에 대한 걱정을 했던 것과는 달리 너무 예쁘고 푸르른 날이었다. '지친 마음, 잘 쉬고 가렴.' 하며 자연이 위로를 건네는 것 같았다. 정상에 도착해 인증사진을 하나 찍고 김밥 한 줄을 먹어 치우고는 다시 하산

길에 올랐다. 숨이 턱 끝까지 차오르던 나와는 달리 아직 힘이 남은 듯 돌길을 가볍게 뛰어 내려가던 동행님의 뒷모습을 바라봤다. 나는 급하게 따라가지 않고 내 페이스를 유지하기로 했다. 혼자 등반했다면 이렇게 빠른 완등 시간을 보이지 않았을 것이다. 벌써 한 달 반째, 제주에서 휴가를 보내며 매일 한라산에 오르는 중이라고 했다. 온몸이 땀으로 흠뻑 젖었지만, 기분은 너무 상쾌했다. 살아 있음을 느낀 순간이었다. 다음 날부터는 어김없이 비가 쏟아졌다. 아침을 먹으러 내려온 호텔 식당에서 쏟아지는 비를 감상했다. 걸을 때마다 다리에 쥐가 날 듯했지만 태연한 척을 해 보였다. 누가 봐도 한라산에 다녀온 모양새였을 거다.

아침식사를 마치고 나니 아무 생각이 들지 않았다. 침대에 벌러덩 누워 있으니 문득 '아, 이게 휴식이구나.' 하는 생각이 들었다. 4박 5일간의 혼자 여행은 분명 심심했다. 하지만 차이는 있었다. 여럿이었으면 이동 중에도 웃고 떠드느라고 보지 못하고 지나쳤을 바깥 풍경이, 혼자이기에 하나하나 살펴볼 수 있었다. 생각을 나눌 만한 사람이 옆에 없으니 나는 나에게 끊임없이 질문하고 답을 해야 했다. 하루하루 지날수록 스스로에게 묻고 답하는 시간이 새로운 재미로 다가왔다. 이동해야 하는 목적지를 정해야 하거나 급하게 움직이지 않아도 그만이었다. 본래는 시간에 맞춰, 정해진 행선지로 향하는 여행 스타일이었지만 이번엔 의식적으로, 나답지 않게 해보고 싶어 한라산을 가는 것 외엔 어떠한 일정도 가지지 않았다. 시간에 쫓긴다거나 여행을 왔으니 뭐라도 해야 한다는 압박으로부터 나를 지키기로 했다. 아침을 먹다가 생각나는 곳으로 무작정 출발을 했다. 그렇게 5일 뒤, 집에 돌아가는 날은 심심하다 노래를 부르던 첫날과는 사뭇 다른 감정을 하고 있었다.

"친구들, 혼자 하는 여행도 재밌네. 다들 혼자 가봐."
"딸린 식구가 있어서 혼자는 못 간다. 애들아, 다들 결혼하기 전에 즐겨."

그렇게 다시 현실로 돌아왔다. 출근을 해도 달라진 건 없었다. 여전히 업무는 도돌이표였고 야근의 연속이었다. 하지만 그런 스트레스에 치이지 않고, 튕겨내 버리는 달라진 내가 있었다. 긴 마라톤 끝에 만난 짧은 휴식이었지만, 건강한 에너지를 다시 채워올 수 있던 즉흥 여행이었다.

혼자 여행이 심심하다는 말,
이 말은 실은 내가 나 자신과 친해지기 위해 다가가는 그 순간에만 느낄 수 있는 감정이자, 어색함의 또 다른 표현이 아닐까?

이제는 홀로서기를
시작할 때

효율적인 것을 고려하면 집에서 나갈 이유가 전혀 없다며 미루고 미뤄오던 독립이었다. 하지만 재테크다, 노후 준비다, 청약이다. 미래를 준비하는 친구들 사이에서 그게 무슨 이야기인지, 뭐가 필요한지 등 아무것도 모르고 사는 내게 이렇게라도 세상 물정을 알려줘야겠다는 결심이 들었다. 32살, 이미 늦은 감은 있었지만, 지금의 내 수준에서 살 수 있는 원룸이라도 구해보겠다며 독립 선언을 했다.

"가서 물 틀어보면 되는 거지? 변기 내려보고 수도꼭지 틀어보고?"
"해가 드는지도 봐야 하고, 소음이 있는지, 수납장이 많은지, 주차나

분리수거도 체크해야 하고. 아휴, 이 지지배. 불안해 죽겠네."

고등학교 졸업 후 독립을 하고, 몇 번의 이사를 거쳐 보금자리를 넓혀 나간 그녀는 느닷없이 독립을 할 거라며 부동산 앱을 뒤적거리는 나를 걱정하기 시작했다. 이미 1인 가구로 살고 있거나 결혼 후 가정을 꾸린 친구들은 '세상 물정은 돈만 있으면 해결된다.'며 차라리 부모님 댁에 좀 더 얹혀살면서 돈을 모으라고 조언했다. 하지만 이미 독립을 마음먹은 상태였다. 부동산 앱에 올라와 있는 사진들을 보니 보통 보증금 300만 원에 월세 30만 원이면 적당한 집을 구할 수 있을 것 같았다. 전세, 대출, 보증, 사기 등 무섭게만 느껴지는 단어에 전세 계약은 애초부터 고려 대상이 아니었다.

직접 가서 보니 보증금 500만 원에 월세 45만 원은 돼야 그나마 정상적인 구조나 깨끗해 보이는 방을 볼 수 있었다. 차가 있으니, 위치는 어디든 상관이 없을 거라 생각했다. 그러다 '생활이 주로 집-회사-헬스장이니까 그럼 헬스장 앞으로 가면 되겠네.' 하는 결론을 내렸다. 지금 사는 집에서 불과 10분, 겨우 6km 떨어진 곳이었다. 친구들은 바보 같은 짓이라며 적극적으로 뜯어말렸지만, 운동이 일상의 중심이었던 당시 나는 '아주 성공적인 아이디어를 떠올렸다.'며 기뻐했다. 역 근처 원룸 가운데 가장 나아 보이는 곳에 월세 계약을 하고 돌아왔다. 그날 저녁, 밥을 먹다 말고 '나 주말에 이사해. 방 계약하고 왔어.'라고 운을 띄우니 아빠는 깊은 한숨을 내쉬기 시작했다. 아침 운동을 가기 위해 준비를 하고 있던 새벽 5시. 거실로 나오는 아빠의 인기척이 들렸다.

"왜 벌써 일어났어? 나 나간다고 하니까 잠이 안 와?"
"그런가. 아휴, 어쩜 이러냐. 잠을 한숨도 못 잤네."

자취가 처음은 아니었으나 아빠는 학생 때와는 또 다른 독립 선언에 마음이 많이 심란했던 모양이다. 짐을 싸 들고 나와 보니 자취방은 과연 청소가 된 게 맞나 싶을 정도로 여기저기 묵은 때를 가득 품고 있었다.

"아니, 처음에 집 보러 왔을 땐 이런 게 하나도 안 보였거든? 깨끗한 집이라고 생각했는데 막상 살려고 보니까 화장실 타일까지도 신경이 쓰이는 거야."
"너는 진짜 돈 많이 벌어. 새집 입주하는 거 아니고서야 남의집살이는 원래 다 그래."

유동 인구가 몇 배는 더 많은 역 인근으로 이사를 오니 마치 서울살이를 하는 듯한 생동감이 들었다. 본가 앞으로 나와 산다는 건 초반에는 큰 장점으로 여겨졌다. 집에 있을 때와는 또 다른, 분리된 자유로움이 있었고 필요한 게 있다면 언제든 오갈 수 있었다. 좁아 보이던 원룸은 점점 더 아늑한 나만의 공간이 되고 있었다. 에어컨을 튼 지 5분 만에 집 전체가 시원해진다거나 청소해야 할 범위가 작다는 것, 아무것도 하지 않은 채 누워 있어도 고요함을 온전히 느낄 수 있다는 점이 좋았다. 베란다에 널어놓아도 빛이 쨍하게 들어오지 않아 바짝 마를 줄 모르던 빨래는 동생이 가져다준 제습기의 의류모드면 금방 뽀송해질 정도였다. '어쨌든 1년은 버텨봐야지.' 하며 시작된 나의 독립 일기였다.

자취를 시작한 지 두 달이 지나자 바빠지는 회사 일에 야근을 하는 날이 많았다. 집에 도착하면 밤 10시가 넘어 있었고, 집안일을 조금 해두고 누우면 언제 자정이 지났는지 모를 날이 평일 내내 이어졌다. 출퇴근 거리는 본가보다 15분 가까워졌지만 그럼에도 잠만 자고 다시 집을 나서는 일이 반복되고 있었다. 일에 치이고만 있을 뿐, 이렇다 할 세상 물정을 배우는 거 같진 않아 보였다. 자취를 막 시작했던 처음 한두 달에나 혼자만의 여유가 이런 거라며 즐거워했을 뿐이다.

"괜히 버티지 말고 중도 퇴거 하는 게 낫겠지? 월화수목은 자취방, 금토일은 본가. 근데 월세 40만 원에 공과금 10만 원. 매달 50만 원은 기본. 거기에 출근은 출근대로 하고, 자취는 자취대로 하고. 이젠 야근까지."

"그렇게 뜯어말렸는데 참 말을 안 들어요. 돈이 막 남아돌고 그래? 어차피 부모님 잔소리 때문에 나온 것도 아니잖아. 더 허튼짓 말고 다시 들어가. 차라리 회사라도 걸어서 가던가, 코앞에서 뭐 하는 거야."

자취를 시작한 지 8개월이 지나갈 무렵이었다. 부동산에 지금 있는 살림살이를 그대로 두고 가고 싶다고, 필요한 사람이 들어왔으면 좋겠다는 말을 전했다. 집을 내놓은 지 하루가 채 지나지 않아 다음 세입자가 구해졌고 4일 만에 집을 비워주며 본가로 돌아올 수 있었다.

"아니, 그걸 또 왜 다 주고 와. 당근에 팔면 다 돈인데."
"어차피 돌아오면 집에 있는 거니까 필요한 사람 주려고 한 건데 벽에 커튼 봉 붙인 건 나중에 도배할 때 쓴다고 16만 원 내라더라."
"호구야 호구. 살림이며 가구며 다 공짜로 주고, 벽지값도 내주고."

그렇게 1년을 채우지 못한 채 부모님 집으로 돌아왔다. 벽에 못을 박아도, 스티커를 붙여도 아무도 뭐라 하는 사람 없고, 물어낼 필요 없는 우리 집이었다. 짧은 독립생활을 하며 느낀 건 '악착같이 모아서 내 집을 사야겠어.' 하는 것이었다. 단 한 번도 생각해 본 적 없는 일이었지만 왜 세상 사람들의 목표가 '내 집 마련'인지 조금은 알 거 같았다.

완전한 독립을 꿈꾸며 나가 있던 시간이 마냥 의미 없던 건 아니었다. 정말 숨만 쉬어도 돈이 나간다는 말이 뭔지 깨닫게 됐다. 직장생활과 가사 일을 병행한다는 것은 삶의 여유와 맞바꾸는 일이구나 느껴져 그간 엄마가 해온 희생이 얼마나 대단한 것이었나 하는 게 보이기 시작했다. 무엇보다 헬스장 앞으로 이사를 가면 탄탄하고 균형 잡힌 몸매를 갖게 될 거라 생각했지만 그것이 큰 착각이었음을 알게 됐다. 중요한 것은 위치가 아닌 하고자 하는 의지일 뿐이었다. 그리고 또 하나, 지금까지 한 번도 생각해 본 적 없는 변화가 찾아왔다.

"야근하고 집에 들어왔는데 불 하나 켜져 있지 않은 어둠 속을 들어가려니 문득 결혼이 하고 싶다는 생각이 들더라? 집에 기다리고 있는 사람이 있으면 좋겠다는 생각을 했어."
"그럴 때가 고비다. 잘 넘겨야 해."
"혼자 살겠다고 나갔는데, 이젠 혼자 살기가 싫어졌어."

세상 물정. 아직도 그게 뭔지, 미래 준비는 어떻게 하는 건지 서툴기만 하지만, 그래도 이전보다 조금은 현명한 사람으로 성장할 수 있는 기회였길. 그렇게 오늘의 나에게 기대를 걸어본다.

"쉽진 않았지만 해결해서 후련하다!" 여긴 날이 있나요?

스트레스가 건강한 자극이 되었던 사건을 회상하며 그날의 기분을 솔직하게 표현해 보세요. 단어나 문장, 그림 그 어떤 것도 좋습니다. 중요한 건, 심장을 뛰게 하는 긴장감일지라도 불안을 지워내주는 밝은 웃음이 있다면 행복을 지켜낼 수 있다는 믿음이에요.

Q.
당시의 감정과
기분을 모두
체크해보세요

행복한 상쾌한 용기나는 친근한 기대되는 고마운 다정한
흥미로운 감동적인 든든한 반가운 통쾌한 여유로운 따뜻한
생기있는 안심되는 뿌듯한 신기한 화나는 난처한 두려운
외로운 놀라운 답답한 불쾌한 후회하는 불안한 실망한 허탈한
초조한 아쉬운 창피한 슬픈 억울한 무기력한 불편한 서운한

Q.
비슷한 상황에
놓였을 때
해주고 싶은 말

Q.
일상에 제목을
지어준다면?

이렇게 하면
좋아요

좋은 스트레스와 나쁜 스트레스를 결정짓는 건 '내가 어떻게 받
아들이는가'에 달려 있어요. 두려운 마음이 들 땐 '하하하. 오히
려 좋아.'라고 소리 내 웃으며 경직된 몸을 풀어주세요.

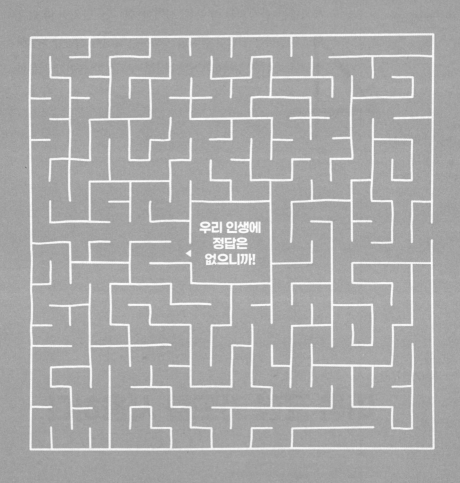

우리 인생에
정답은
없으니까!

4
돌발
퀘스트

마음 균형 카드를 사용하다

<일단, 다 사정이 있을 거라고 생각할게요>

소리는 벽을 타고
흐른다

"왜 이사 오는 아랫집마다 늘 이상한 사람들일까?"

20여 년 동안 한집에 살면서 느낀 의문점이었다. 그 첫 시작은 젊은 부부였다. 아파트의 입주가 시작되고 비슷한 시기에 들어왔던 아랫집 부부는 저녁 시간, 어디선가 '쿵!' 하는 소리가 날 때면 어김없이 찾아와 초인종을 누르며 조용히 좀 하라는 말을 남기곤 했다. 그럴 때마다 죄송하다 사과를 하며 젊은 부부를 돌려보냈다. 아랫집 남자가 우리 집 초인종을 누르는 빈도가 매일 반복되다시피 하니 내 인내심에도 슬슬 한계가 오기 시작했다.

"저기요, 그동안은 다짜고짜 올라오셔서 시끄럽다고 하니까 영문도 모른 채로 마냥 죄송하다 하고 말았는데요, 대체 무슨 소리가 어떻게 나기에 매일같이 와서 시끄럽다고 하는지 이해가 안 돼서요. 저희 집 지금 삼일 내내 비어 있다가 이제 막 들어왔는데 뭘 몇 시간째 뛰느니 마느니 하는 소리를 하세요? 애들 뛰는 소리는 저희도 들려요. 들어와서 들어보실래요?"

"아이씨."

매번 자기 할 말만 하고 내려가던 아랫집 남자에 짜증이 나 참아왔던 말을 확 쏟아부었다. 그날 이후 아랫집 남자는 한동안 조용한 모습이었다. 그러던 어느 밤이었다. 쇠 난간을 세게 내려치는 소리가 베란다 밖에서 울려 퍼지고 있었다. 이 밤에 무슨 일인가 싶어 창문을 열어보니 아랫집 남자가 씩씩거리며 망치로 난간을 때리는 게 보였다. 뭐 하시는 거냐는 말에 대뜸 욕을 하며 '너네 집이 시끄러우니 똑같이 해주는 거다.'라던 남자는 곧 우리 집으로 쫓아 올라왔고, 닫혀 있는 현관문을 주먹으로 내리치며 난동을 피우기 시작했다. 술에 만취돼서 올라온 아랫집 남자는 신발장까지 들어와 엄마를 밀치기 시작했다. 그 모습에 화가 머리끝까지 나 남자를 집 밖으로 밀쳐내며 욕을 퍼부었다. 뒤따라 올라온 남자의 아내는 재차 죄송하다며 남편을 뜯어말리기 바빴고 곧 관리실에서 찾아왔지만 남자는 쉽사리 성질을 가라앉히지 못했다. 싸움 소리에 이웃들은 잠옷 바람으로 쫓아와 남자를 붙잡았다.

"야, 이 새끼야. 똑바로 들어봐. 뛰는 게 우리 집이냐고, 들려? 들리냐고. 지금도 쿵쿵 소리가 들리는데 뭘 자꾸 뛴다고 난리야."
"죄송합니다. 죄송합니다. 남편이 술을 많이 먹어서요. 죄송합니다."

소란스러운 와중에도 들려오던 층간 소음이었다. 어느 집인지는 모르지만 여전히 들리는 소리를 확인하고 나니 남자의 아내는 더 어쩔 줄 몰라 하며 사과를 했다. 한밤중 소동은 그렇게 끝이 났다. 관리실에서는 기록을 남겨야 한다며 자초지종을 확인하셨고 이웃들은 베란다를 두드릴 때부터 이상했다는 증언을 더해 주었다. 그렇게 2주가 지났고 아랫집 젊은 부부는 이사를 떠났다. 얼마 지나지 않아 빈집에는 새로운 이웃이 자리를 잡았다. '이젠 조용하겠지.'라고 안도했다. 새로 이사 온 아랫집 아저씨는 피아노 좀 그만 치라고, 자신은 야간근무자라 낮에 자야 한다며 다짜고짜 화를 내고 갔다. 역시나 제 할 말만 하고 사라지는 아저씨의 등에 대고 외쳤다.

"아저씨! 저희 집에 피아노 없어요. 오지 마세요!"

층간 소음을 이유로 아랫집에서 올라올 때마다 윗집이 할 수 있는 건 사과밖에 없다고 생각했다. 하지만 바로 위에 있다는 이유 하나로 아파트에서 나는 모든 소음의 책임을 떠안기엔 어딘가 불편함이 가득했다. 그래도 '혹시 모르니까.', '시끄러울 수 있으니까.' 하며 참고 사과하며 살았다. 피아노 소리에 불같이 화를 내고 가던 아저씨의 두 번째 방문이 이어졌다. 여전히 아저씨는 피아노가 없는 집에 쫓아와 주말 아침부터 왜 또 피아노를 치냐며 짜증을 냈다.

"아저씨, 저희 집 피아노 없다고 말씀드렸는데요. 저희 라인 아니고 옆라인이에요. 아저씨네 대각선 윗집이요. 바로 위 저희 집 아니고요. 저희 집에서도 옆집 애 피아노 연습하는 소리가 아주 한집인 것처럼 다 들려요. 지금도 들리는데 와서 들어보실래요? 피아노 없다고 전에도 말씀드렸는데 왜 저희한테 화풀이를 하세요?"

그날 이후, 피아노 소리에 괴로워하던 아랫집 아저씨도 한동안 보이지 않았다. 어느 날부터는 나이가 좀 더 있어 보이는 아저씨가 그 집에 이사를 온 것 같았다. 내가 만난 세 번째 아랫집이었다. 외출 후 집에 돌아오면 '시끄러우니 조용히 걸어 다니세요!'라거나 '문 닫히는 소리 쿵쿵! 조심하세요.'라고 적힌 쪽지가 초인종에 붙어 있었다.

"뭐래, 집에 사람이 없었는데 누가 걸어 다녀. 아랫집은 또 이상한 사람이 이사를 온 거야?"

그래도 한동안은 잠잠했기에 평화가 찾아왔다고 생각했다. 벽을 부술 듯이 치는 소리와 간간이 소리치는 남자 목소리에 잠에서 깬 어느 새벽이었다. '가정폭력인가?' 싶어 귀를 바짝 세우고는 어디서 소리가 올라오는 건지를 찾기 위해 집안 곳곳을 돌아다녔다. 5분, 10분. 시간이 흘러도 벽을 내리치는 소리는 그칠 줄 몰랐다. 현관문을 여니 도어락 소리를 들었는지 곧바로 조용해지던 아랫집의 난동이었다. 그렇게 열흘가량 시간이 지나고 또다시 그때의 쿵쾅거림과 외침이 울려 퍼지기 시작한 새벽 3시였다. 며칠 전보다 내려치는 강도나 고성이 훨씬 강하게 들렸고 드문드문 흐느끼는 여자 목소리가 들려왔다. 다시 한번 현관문을 열고 복도로 나왔지만, 인기척에도 아랫집의 난동은 진정될 기미가 보이지 않았다. 방문을 일부러 쿵쾅 여닫고, 벽을 때리는 소리, 일방적으로 쏘아대는 외침이 이후로도 계속 이어졌다. 결국 112에 신고를 했고 곧 아파트 주차장으로 경찰차가 들어서는 것이 보였다. 출동한 경찰 아저씨는 집으로 들어가라는 손짓을 했고 나는 닫힌 문 뒤에서 조용히 바깥의 소리를 관찰하며 숨을 죽이고 있었다.

"주취 상태는 아니었고, 아랫집에서는 윗집 실외기 소리가 시끄러워서 난동을 부렸다고 하는데 확인해 보니까 실외기는 이렇다 할 문제가 없었습니다. 소음이나 소리가 지나치다 싶은 부분도 없었고요. 자세한 건 말씀드릴 수 없지만 아랫집은 주의가 조금 필요하다 정도로만 이해하시고 또다시 이런 일이 생기면 직접 상대하지 마시고 꼭 다시 112에 전화를 주세요."

또 우리 집이 문제라고 했다. 다음날, 나는 며칠 전 들려온 소동과 어제의 난동 그리고 경찰이 출동했었다는 내용과 함께 우리 집 실외기에 문제가 없음을 확인했다는 글을 정리해 엘리베이터 게시판에 부착했다. 마음 같아선 '아랫집 너 잘 들어.' 하고 호수까지 명확히 밝히고 싶었으나 표현을 에둘러 전했다. '꼭대기 층이라는 이유 하나로 층간 소음의 원인인 것처럼 지속적으로 오해를 받고 있어 억울하기는 하지만, 이웃에 피해 가지 않도록 신경 써서 살아가고 있다.'고, '그럼에도 한 번씩 벌어지는 이런 상황이 난감하다.'고, '모쪼록 어제와 같은 소란이 새벽 시간에 다시 일어나지 않기를 바란다.'며 A4용지 3장에 꾹꾹 눌러 전했다. 벌써 세 번째였다. 이사 오는 집마다 이러기도 쉽지 않은 거 같은데 참 '이웃 잘 만나는 것도 운이고 복이다.' 하는 어른들의 말이 뭔지 이해가 됐다. 집이 주는 안정감을 단번에 깨는 그 이름 층간 소음. '꼭대기라 층간 소음은 못 느끼겠네요.' 하는 이웃들의 말에 나는 오늘도 웃어 보인다.

"저희 집도 천장에 누가 사는 모양이에요. 뛰는 소리, 싸우는 소리, 하물며 어디 구멍이 있는지 윙윙 도는 바람 소리까지도 그렇게 들린다니까요."

아, 일상 퀘스트를 진행 중입니다

일상에 긴장을
불어넣다

8개월가량, 퇴근 후 집 앞 막걸릿집에서 아르바이트를 한 적이 있다. 일상적으로 출퇴근을 하고 있던 직장이 있었음에도 퇴근 후 또다시 출근을 하게 된 이유는 단순했다. 일상에 찾아온 지루함, 변화 없이 똑같이 흘러가는 나날이 너무 무료했다. 무언가 생산적인 일을 하고 싶어 제일 먼저 '공부를 해볼까?'라는 생각을 떠올렸다. 고민했지만 지금의 지루함을 깨줄 만큼의 흥미로 다가오진 못했다. 며칠 고민을 하던 중에 영화관 주말 아르바이트를 시작했다는 친구를 만났다. 시간이 되는 때만 스케줄을 정해 출근할 수 있고, 퇴근 후 상영 중인 다양한 영화를 볼 수 있다며 좋아했다. 바닥에 널브러진 팝콘을 다음 영화 시작 전까지 빠르게 치워야 하는 것을 빼면 영화관을 찾는 다양한 사람들과 인사를 나누는 것이 재밌고, 일하면서 만난 어린 친구들의 밝은 에너지에 덩달아 힘이 난다고 했다. 친구는 햄버거 가게 알바도 비슷한 근무 스케줄이라며 내게 설명을 했다.

전혀 생각해 본 적이 없는 일상의 변화였다. 호기심이 들었다. 손에 물 한 방울 안 묻힐 수 있는 다양한 아르바이트 자리가 있었음에도 월화 이틀만 출근하면 된다는 집 앞 막걸리 가게에 지원서를 넣었다. 곧 나는 내 손으로, 지루하던 일상을 완벽한 생고생으로 바꿔놓았다. 저녁 8시부터 새벽 2시, 단 이틀이기에 괜찮을 거라 생각했지만 가게 안으로 들어가 보니 테이블만 24개, 다른 알바생은 보이지 않았고 사장 혼자 가게를 지키고 있었다.

"이렇게 큰 가게에 알바생이 나 혼자라고? 이거 괜찮은 건가?"

주말 아르바이트 친구가 있을 때 나와서 일을 좀 배웠으면 좋겠다는 갑작스런 연락에도, 별일 없으니 알겠다며 나간 주말의 가게는 전쟁터가 따로 없었다. 앳되어 보이는 두 알바생이 있었지만 어쩐지 일은 서툴러만 보였다. 냉장고에 넣지 못하고 문 앞에 방치된 막걸리, 싱크대 밖으로도 한가득 쌓여 있는 설거짓거리가 눈에 들어왔지만, 두 친구는 주문을 받고 서빙을 하는 것만으로도 진땀을 흘리고 있었다.

"나 지금 식당 운영 게임 같은 거 하는 건가? 미션 하나씩 깨는 그런 거?"

일을 배우기는커녕 눈치껏 곧장 일손을 보태야 했다. 일머리가 빠른 사람이라 참 다행이라는 생각이 여기서 들었다. 난장이던 주말을 시작으로 월요일, 회사 퇴근 후 가게로 향했다. 첫 출근이었다. 가게에 도착하니 시계는 7시 20분을 알려왔지만, 사장은 왜 늦었냐며 대뜸 호통을 쳤다.

"저 8시까지 출근하기로 말씀드렸고요. 바쁘다고 하셔서 도착하는 대로 오기로 했는데요."
"아, 그런가? 더 빨리 와줬으면 좋겠는데. 아무튼 주말에 바빠서 못 치우고 갔으니까 일단 싹 한 번 치워."

불만 가득한 사장의 태도가 이상했지만 내 일을 시작하기로 했다. 물이 넘칠 듯한 개수대, 엉겨 붙은 음식물들이 테이블에 즐비해 있었다. 이 상태로 다시 문을 열고 손님을 받는다는 사실에 기겁할 노릇이었다. '장사를 할 마음이 있는 건가?' 하는 의심이 들었다. 어이없는 상황에 실소가 계속 터져 나왔다. 그래도 '일단 시작했으니 제대로 해보자!' 하며 씻은 물컵이나 앞접시 하나 없는 식기통을 빠르게 채우고 나니 하나둘씩 손님들이 들어오기 시작했다.

"나 가게에 없으면 위에 게임방 가 있는 거니까 손님 와서 안주시키면 전화해."

사장은 '요리는 나의 몫', '24개의 테이블과 그밖에 모든 것은 너의 몫'이라고 선을 긋는 듯 가게가 바쁘게 돌아가거나 말거나 주문 들어온 요리가 없다면 만화방이나 게임방으로 뛰어가 시간을 보냈다. 다시 새로운 한 주가 시작됐다. 홀 정리를 끝내놓고 유통기간이 비교적 짧은 생막걸리의 선입선출을 위해 막걸리 냉장고를 정리하던 때였다. 한구석에는 유통기한이 4일 지난 막걸리 7병이 놓여 있었다.

"사장님 이거 지났어요. 4일이나! 안 나가서 다행이네요. 폐기할게요."
"그거 바나나랑 갈아서 과일 막걸리로 나가면 모르는데."
"네? 지난 거잖아요."

돌아온 답에 내 귀를 의심했다. '아하, 이 양반은 이제까지 이렇게 장사를 하셨네.'라며 내가 일하는 날만큼은 절대로 유통기한이 지난 막걸리가 나가는 일이 없게 하겠다고 마음을 먹었다. 모든 것을 떠나 상식적으로, 눈속임한 음식을 손님상에 낸다는 게 이해가 되지 않았다. 새벽 2시까지 일하기로 했던 스케줄은 가게가 한가하면 저녁 10시, 바쁘면 새벽 4시까지도 밀리게 됐다. 2시간을 자고 일어나 다시 회사로 출근해야 하는 상황. 그럼에도 내가 시작한 일이었음에 책임감을 가지려 했다. 느닷없이 주말에 도와달라고 연락이 오면 '놀아서 뭐 하나' 싶어 가게에 나가 일을 도왔다. 한여름의 장마, 그리고 막걸리 전쟁이 지나고 서늘해진 겨울이 찾아왔다. '새벽까지는 역시 힘들다.', '사장이 이상하다.' 해도 이미 8개월이란 시간이 흐른 뒤였다. 토요일 주말, 어김없이 가게에 나가 일을 도와주고는 이틀 뒤, 월요일이 찾아왔다. 곧 퇴근이자 가게로 출근해야 할 시간을 앞둔 오후 4시가 조금 지났을 때였다. '오늘부터 안 나와도 돼.' 하는 문자가 도착 했다. 그렇게 10자 남짓한 연락 한 통으로 잘려버렸고, '끝까지 사람을 우습게 아는 사람이네.' 싶어 그 이상 말을 하지 않기로 했다.

"알겠습니다. 토요일 일한 거까지 다음 달 급여일에 정산해서 넣어 주세요."
"알바비는 사정이 있어서 다음 달 10일 말고 30일에 넣어줄게."
"아니요. 제날짜에 입금해 주세요."

일방적으로 나오지 말라고 통보하는 사장의 사정까지 봐줄 필요는 없었다. 돈이 급해서 시작한 일도 아니었고, 단순히 무료한 일상에 변화가 필요했을 뿐이었다. 50여만 원 남짓한 알바비가 제날짜보다 늦게 들어온다고 한들 내 생활이 흔들리거나 큰일이 일어나는 것도 아니었다. 그럼에도 사장의 심보가 매우 괘씸했다.

"사장님, 어제 알바비 안 들어왔네요. 확인하고 보내주세요."
"사장님, 어제도 안 들어왔어요. 확인해주세요."

그렇게 한 주를 더 닦달하고서야 입금된 알바비였다. 그마저도 제대로 정산이 되지 않아 15만 원 남짓한 돈이 추가로 입금되고 나서야 나의 투잡, 막걸리 전쟁은 진짜로 끝이 났다. 이후 집 앞 상가를 지나다닐 때마다 '저기 사장하는 거 보면 오래 가진 못할 거야.'라며 중얼거리던 나였다. 그리고 정말 얼마 가지 않아 가게는 업종을 바꾸더니, 곧 임대를 알리는 현수막이 붙었다. 남을 속이려 하고, 사람을 물건 부리듯이 하는 마음, 나쁜 심보가 좋은 결과를 가져올 리 없다. 적어도 나는 그렇게 믿는다. 많은 것을 배우고 느끼게 해준 8개월간의 긴긴 인생 퀘스트였다. 그 날을 생각하면 그때의 나에게 물어보고 싶은 말이 있다. '나는 대체 무슨 생각이었을까?'

일상이 무료할 땐 무료한 대로, 가만히 쉬면 안 되는 걸까?
단순한 계기로 시작된 막걸리 전쟁. 쉴 틈 없이 일하고,
그러면서도 버텨내던 그때의 나에게 박수를 보내본다.

얻어 배운
유용한 대처법

막 중학교 1학년이 된 14살의 등굣길이었다. 잠이 덜 깬 부스스한 얼굴을 하고도 아침마다 웃음 가득한 이야기를 나누던 그녀는 맞은편 아파트에 살던 나의 등하굣길 짝꿍이었다. 지금처럼 휴대폰을 통해 어디냐고 묻거나 실시간으로 채팅을 하지 못했던 그 당시 우리의 약속은 '아침 6시 50분'이라는 시간에 맞춰 나와 있거나 늦으면 늦는 대로 마냥 서로를 기다리다 늦게 전에 홀로 출발하는 모습이었다.

"미안, 미안. 준비물 안 들고 나와서 다시 올라갔다 왔어."
"왜 안 오나 했네. 먼저 간 줄."

"아 그건 너무하지."

집 앞에서부터 횡단보도 4개의 신호를 건너면 도착할 수 있던 학교는 10분 남짓한 가까운 거리에 있었다. 이제 막 아파트가 생기기 시작한 신도시에 이사 온 아이들과 오래전부터 이 동네에 있던 단 하나의 중학교. 근방에 있는 모든 중학생이 모이던 유일한 중학교였다. 그날도 다른 날처럼 등교를 위해 먼저 나온 내가 그녀를 기다리던 중이었다. 아직 해가 다 뜨지 않아 어둠이 배어 있는 이른 아침, 나는 횡단보도 맞은편 상가 입구에 멀뚱히 서 있는 한 남자를 발견했다. 쌀쌀함이 감도는 날씨였음에도 하얀 반팔 티셔츠와 베이지색 반바지를 입은 그는 다리를 넓게 벌린 열중쉬어 자세로 고개를 푹 숙인 채 서 있었다. '왜 저러고 있나' 싶어 본능적으로 경계심이 들었다. 신경 쓰지 않는 척하며 힐끗힐끗, 남자에게서 시선을 떼지 않았다. 곧 멀리서부터 종알거리며 밝은 아침을 여는 그녀가 등장했다.

"야, 비상이야. 저기 맞은편에 남자 하나 서 있거든? 나 나왔을 때부터 저 자세로 계속 바닥만 보고 있는데 뭔가 이상해."
"에…. 무서운 사람인가?"
"몰라, 오늘은 이쪽으로 건너지 말자. 다가오면 무조건 뛰어."
"아, 어떡해. 이상한 사람 아냐? 무서워."

뭔지 모를 싸한 느낌에 목소리가 저절로 낮춰졌다. 매일 다니던 등굣길을 포기하고 아파트 사이로 난 쪽 길로 걸음을 옮기려던 순간, 줄곧 같은 자세로 서 있던 남자가 느닷없이 고개를 들고 우리와 같은 방향으로 움직이기 시작했다.

"저 사람 건너편에서 우리 따라오는데?"
"아 씨 뭐야. 뛸까?"

온몸에 소름이 돋았다. '어떡하지?' 하는 고민이 머릿속을 채웠다. 횡단보도 신호에 다시 걸음을 멈추니 맞은편 남자도 제자리에 서서 우리를 바라봤다. 그러고는 난데없이 다음 행동을 보였다.

"뭐야? 김이야? 까만 팬티야? 뭐야?"
"야 이씨, 저 새끼 바바리맨인가 봐. 바지를 왜 내려. 미쳤나 봐."
"와 씨, 전학생이 이럴 때 소리 지르면 더 좋아한댔잖아. 신호 바뀌면 빠르게 걷자."
"후… 욕할까? 그럼 도망간댔는데."

우리는 얼마 전까지 자신이 다니던 서울의 한 여중·여고 앞에 자주 출몰하던 바바리맨에 대해 가감 없이 이야기를 해주던 같은 반 전학생의 말

을 떠올렸다. 언제 바지를 내렸나 싶을 정도로 재빠르게 움직인 바바리
맨이었다. 그는 지금 이 상황이 대수롭지 않다는 듯 바지를 홀렁 벗어 뒷
짐을 진 채 우릴 바라보고 있었다. 하지만 그와 달리 우리의 심장은 평화
롭지 못했다. 눈앞에 보이는 지금 저 광경이 옷에 붙은 김도, 까만 팬티도
아니라는 것을 인지한 상태였다. 가슴이 쿵쾅거리다 못해 손발이 떨려오
기 시작했다. 팔짱 낀 서로의 손을 꽉 붙잡고는 횡단보도의 신호가 초록
색으로 바뀌기만을 기다렸다. 작게 '빨리빨리'를 읊조리며 움직이는 우리
를 따라 바지를 추켜올리고 함께 걷던 바바리맨은, 얼마 가지 않아 또다
시 횡단보도에 멈춰 선 우리를 향해 바지를 내린 채 멀뚱히 서 있었다. 바
바리맨의 두 번째 행동이었다. 재차 이어진 음란행위에 두려움은 곧 분노
로 표출되었다. 우리는 누가 먼저랄 것도 없이 외치기 시작했다.

"야, 이 미친 새끼야. 아침부터 그러고 싶냐!"
"그렇게 보여주면 뭐 어쩌라고. 조그만 거 가지고 진짜 짜증 나게 할
래?"

'조그맣다.', '잘라버린다.', '걷어찰 거다.' 등 도통 무슨 말을 하는 건지
는 모르겠지만 덜덜 떨리는 목소리로도 당당한 척, 눈을 똑바로 마주하
고는 또다시 신호가 바뀔 때까지 길 건너 남자에게 외쳐댔다. 개의치 않
아 하던 남자는 고래고래 소리치며 욕하는 우리의 모습에 갑자기 바지를

올려 입더니 건물 안으로 숨어 들어갔다. 돌아선 남자의 모습이 더 이상 보이지 않음을 확인하자마자 우리는 학교까지 남은 거리를 전속력으로 달려갔다. 헐떡거리며 들어선 교실, 친구들은 그런 우리를 보고 놀란 듯이 물었다.

"아오, 숨차. 우리 바바리맨 만났어!"
"이게 무슨 일이야."
"아 진짜, 나 무슨 바지 위에 김 붙인 줄 알고 계속 봤어."

그 소리에 전학생 친구가 반짝거리는 눈으로 다가왔다.

"어휴, 미친놈이 여기도 있다니. 세상에나. 그래서 쪼그맣다고 했어? 시원하게 욕 해줬어?"
"어! 갑자기 바지를 쑥 내리는데 뭔가 싶어서 계속 쳐다봤더니만 까만 팬티가 아니잖아. 너무 놀랐는데 비명 안 지르고 욕만 엄청 해줬어. 그랬더니 진짜 도망가더라?"

그렇게 발 없는 우리의 이야기는 반 친구들 사이를 지나 다른 교실로, 또 돌고 돌아 교무실로 흘러갔다. 선생님들은 단 하나밖에 없는 중학교 등굣길에 나타난 바바리맨에 긴장하며 경찰서에 연락을 취했다. 하굣길 곳곳엔 경찰차와 순찰 인력이 아이들의 안전을 지켜주고 있었다. 다행히 그날 이후 바바리맨은 두 번 다시 눈에 띄지 않았다. 적막한 아침 거리를 욕으로 가득 채워본 그날의 경험. 매번 생동감 넘치는 설명과 재연, 색다른 이야기로 반 아이들의 호기심과 웃음을 책임져 주던 전학생 친구 덕분에 우리는 손발 떨리던 그 순간을 무사히 벗어날 수 있었다며 고마워했다.

"서울에서는 그런 바바리맨이 더 많이 나타난다는 거지? 아휴."
"응, 근데 너무 자주 나타나니까 다들 놀리거나 구경해서 오히려 바바리맨이 도망가."

때론 삶의 지혜라는 말로 어렵게 불리기도 하지만 결국 모든 것은 경험이 주는 힘이었다. 반드시 스스로 겪지 않아도 됐다. 타인의 이야기에 귀를 기울인 것만으로도 불안을 낮추거나 상황을 해결할 수 있는 지혜를 얻을 수 있었다.

'다음에 그런 일이 생기면'이라는 가정을 진작부터 대비할 수 있게 해준 그날의 대화가 참 고맙게 느껴지는 날이었다.

진짜 어른엔
나이가 없다

여느 날과 다름없이 평범하고 적막했던 퇴근길 버스 안, 오늘도 늦게까지 야근을 하다 탄 버스에 멀미라도 조금 줄여보고자 바람이 들어오는 버스 뒷문 앞에 자리를 잡았다. 문이 열릴 때마다 들어오는 신선한 바깥 공기에 위안을 얻으며 30분쯤 달렸을 때였다. 버스에 올라탄 할머니 손엔 누가 봐도 내용물을 알 수 있을 만큼 속이 훤히 보이는 비닐에 김치 한 포기가 담겨 있었다. 제대로 밀봉이 되진 않았는지 얼마 지나지 않아 버스 안 공기는 시큼한 김치 냄새로 가득 채워졌다.

익숙한 냄새임에도 진하게, 그리고 역하게 느껴지는 향에 멀미가 올라오는 듯했다. 버스에 올라타는 사람마다 김치 냄새가 난다며 고개를 갸우뚱거릴 정도로 김치는 생각보다 강한 존재감을 보였다. 탑승했던 정류장에서 얼마 지나지 않아 곧 내리시려는지 할머니는 하차 벨을 누르고는 뒷문 앞으로 자리를 옮기셨다. 살짝 연 창문 틈으로 얼굴을 빼꼼 내민 채 숨을 고르던 찰나였다. 퍽! 하는 소리와 함께 착! 감기는 찰진 소리가 귀를 때렸다. 문이 열림과 동시에 아무 일도 없다는 듯 자연스럽게 내린 할머니가 머물렀던 자리엔 터진 봉투에서 쏟아져 나온 김치와 국물이 사방으로 흐르고 있었다. 붉은 김칫 국물이 튄 사람들이 뱉는 욕설, 말로 다 설명할 수 없을 정도로 풍부해진 김치 냄새. 웅성웅성하는 소리에 앞자리 승객들은 하나둘씩 고개를 돌렸다. 버스가 속도를 내자 김치 국물은 점점 더 사방으로 흐르기 시작했다. 사람들은 가방을 뒤적거리며 휴지를 서로에게 건넸다. 나도 가방 속에 들어 있는 작은 물티슈를 꺼내 들었지만 바닥에 찰싹 붙어 있는 김치 한 포기를 다 닦아내기엔 어림도 없다는 생각이 들었다. 어떻게 수습해야 할지 차마 엄두가 나질 않았다.

그때였다. 버스 뒤편에서 한 학생이 '잠시만요.' 하며 복도로 나왔다. 앞으로 둘러멘 가방에서 A4용지 뭉치를 꺼내든 학생은 마치 필통에서 쏟아진 볼펜을 주워 담으려는 듯 무덤덤하게 김치 앞에 쪼그려 앉았다. 맨손으로도 개의치 않아 했다. 바닥에 깐 종이 위로 김치를 옮겨 돌돌 싸는 모습을 보며 머리가 멍해졌다. 시간이 그대로 멈춰버린 듯한 버스 안에서 저 학생만 움직이고 있는 것 같은 이상한 전율이 온몸에 흘렀다. 사방으로 튄 김치 자국을 닦아 내기 위해 바삐 움직이고 있는 모습에 벙쪄 있던 나는 갑자기 눈물이 왈칵 쏟아졌다. 우물쭈물하는 사이, 그 친구는 이미 어느 정도 수습을 마쳐가는 상황이었다. 내가 할 수 있는 게 없다고 생각했다. 물티슈를 만지작거리는 거 외엔 정말 아무것도 하지 못했다. 종이로 감싼 김치를 뒷문 한편에 둔 학생은 아무렇지 않게 자리로 돌아갔다. 나는 곧 내려야 하는 정류장에 다다르고 있었다. 사람이 많지 않은 심야버스였지만 그럼에도 그 자리에 있던 모든 어른들이 어린 학생의 행동을 바라만 보고 있었다. 마음이 불편했다. 결국 자리에서 일어나 그 친구에게 다가가 들고 있던 물티슈를 건넸다.

"도와주지 못해서 미안해요. 물티슈가 이거밖에 없어서… 그래도 손에 묻은 건 다 닦을 수 있을 거예요."
"어머, 감사합니다."

본인이 만든 상황이나 결과가 아니었음에도 그 친구의 얼굴에선 짜증이나 불편한 기색이 전혀 보이지 않았다. 정말 너무 밝은 표정과 목소리였다. 그래서 더 미안함이 몰려왔다.

"혹시 휴대폰 번호 좀 알려줄 수 있어요? 저는 곧 내려야 하는데 고맙고 미안해서요."

"네? 휴대폰 번호요? 아…."

대화를 걸어오는 낯선 사람이었기에 경계심이 들 수밖에 없다는 걸 뒤늦게 깨달았다. 나는 얼른 다시 가방을 뒤적이며 명함을 꺼내 들었다.

"아! 다른 건 아니고 저는 여기 근무하는 사람인데, 마음이 너무 예뻐서, 진짜 뭐라도 선물하고 싶어서 그래요. 여기 제 연락처 있거든요. 여기로 문자 한 통만 보내주세요! 꼭이요."

나는 그렇게 내려야 하는 정류장을 두 개 더 지나쳐서야 종이에 돌돌 말린 김치와 함께 내릴 수 있었다. 퇴근길 1시간이 어떻게 지나갔는지 모를 밤이었다. 종이에 동그랗게 싸여 있는 김치에 꼭 배구공을 쥐고 있는 것 같았다. 아직 국물이 똑똑 떨어지고 있어 환승 버스를 포기하고 집까지 30분을 더 걸었지만, 그 친구가 꼭 연락을 줬으면 좋겠다는 생각만 들 뿐이었다.

'안녕하세요. 저 아까 명함 주신 그 학생입니다!'

'왜 연락이 안 오지?' 하며 마냥 기다리던 중에 울린 반가운 문자 알림이었다. 믿고 연락을 줬다는 사실이 너무나 고마웠다.

"도와주지 못해서 미안해요. 아무나 할 수 없는 행동이었어요. 연락 줘서 정말 고마워요. 맛있는 거 먹으면서 좋은 시간 가지길 바랄게요."

내가 할 수 있는 건 외식상품권 하나를 전하는 것뿐이었다. 그럼에도 정말 감사하다며 인사를 보내는 친구였다. 어떻게 하면 저런 에너지를 가질 수 있는 것인지 참 대단하게만 느껴졌다. 어른스러움이라는 건 결코 지나온 인생의 시간이나 경험의 양에 비례하지 않음을 알려준 진짜 어른의 등장이었다. 나는 그날 이후로도 한동안 퇴근길 버스에 오를 때면 우연히 만난 그 친구의 모습이 떠오르곤 했다. 잔상이 참 오래도록 남았다. 마음의 여운도 마찬가지였다.

그날이 생각날 때마다 나 자신에게 이야기를 해준다.
'나이가 어른이 아니라, 마음이 어른인 사람이 되자.'라고 말이다.

내뱉은 말에
책임 다하기

"갑자기 뭔 떡볶이 가게야?"

수영 선수로, 때론 선생님으로 각종 대회를 평정하던 그는 느닷없이 요식업을 시작했다는 소식을 알려왔다. 인수 후 일을 배우기 위해 벌써 두 달째, 쉼 없이 출근했다는 그는 다른 것보다도 제대로 된 알바생을 구하는 게 자영업에서는 가장 힘든 일 같다며 어려움을 토로했다.

면접 후 '내일 뵐게요.' 하고는 연락이 없는 유형, 하루 출근 후 연락이 두절됐지만, 한 달 뒤 하루치 알바비가 들어오지 않았다며 노동부에 신고를 넣는 유형, 갑자기 일이 생겨서 못 나간다며 수시로 스케줄을 바꾸는 유형. 이게 젊은 친구들만의 문제인가 싶어 60대 알바생을 구했더니 정말 아빠처럼 잔소리만 늘어놓던 유형까지. 이게 정말 두 달 사이에 벌어진 일인가 싶은 정도였다. 가게는 알바생이 없으면 일손이 부족할 만큼 바쁜 상황이라고 했다. 잠깐 사이 수없이 스친 무책임한 사람들에 질려버렸음에도 알바 모집을 그만둘 수 없는 이유라고 했다. 그 소리를 듣고 있자니 개념 없는 사람들에 짜증이 나 '다음 주까지 더 구해보고 안 구해지면 자리 잡을 때까진 내가 도와줄게!' 하는 이야기를 했다.

며칠 뒤 아침, 그는 똑 부러지는 느낌의 새 알바생이 구해졌다며 '떡볶이 장수 안 해도 되겠네.' 하는 이야기를 했다. 다행이라 생각했다. 점심시간이 조금 지난 후, 그가 119를 불렀다고, 응급실에 다녀왔다고, 떡볶이 팔러 올 준비를 해야 할 거 같다고 말하기 전까지는 말이다.

"갑자기 쓰러져서 떠는데 혹시 감전된 건가 싶어서 진땀 흘렸어."
"뇌전증인가?"

다행히 가게 맞은편엔 신촌에 위치한 큰 대학병원이 있었다. 곧 그 친구의 부모님이 연락을 주셨고 이런 적이 처음이라며 빠른 조치에 감사하다는 인사를 전했다고 했다. 출근 전, 아침 8시에도 보건증 검사를 할 수 있는 병원에 들러 떡볶이 장수를 할 준비를 마친 상태였다. 처음엔 '길어 봐야 한 2주면 괜찮은 알바생이 들어오겠지.'라고 생각했다. 그것이 5주 간의 긴 여정이 되리라고는 상상하지 못했다. 평일엔 회사에 출근을 해야 했으므로 나는 금요일 퇴근 후부터 일요일 장사까지 일손을 보탤 수 있었다. 초반엔 마치 어릴 적에 하던 요리 게임처럼 흥미진진하기만 했다. 주문이 들어오면 주방에선 조리를 시작했고, 홀에 있던 나는 주문 내용대로 포장을 해 배달 기사님에게 음식을 넘겨주면 되는 일을 맡았다. 다음 날, 토요일 주말 장사를 시작하면서부터는 '혼이 쏙 빠진다'는 게 무슨 말인지 알게 됐다. 아침 10시 반, 가게 오픈과 동시에 쏟아지는 떡볶이 주문이 참 놀라웠다.

"다들 어떻게 아침 10시부터 떡볶이가 먹고 싶을까?"
"이봐요, 사장님. 떡볶이는 못 참지. 인간적으로 먹어도 먹어도 안 질리는 게 떡볶이라고 생각해. 특히 여자들은 더."

처음엔 주먹밥 만드는 일을 했고, 손에 조금 익으니 튀김을 튀기기 시작했다. 한 번씩 단무지나 튀김 하나를 빠트려 전화가 오긴 했지만, 사장은 바쁜 외중에도 유연하게 대처를 해줬다. 일요일 밤 12시 반, 마감 정리를 하고 쌀쌀한 겨울 공기를 맡으며 사장네 집에 도착하면, 순식간에 월요일 아침이 찾아와 있었다. 그래도 서울 집에서 회사까지 한 번에 가는 버스가 있어 수고스러움은 덜했다. 월요일 출근길엔 전날 만들어 얼려 놓은 떡볶이도 잊지 않고 챙겨왔다. '친구가 떡볶이집 사장님이면 떡볶이가 무한 리필'이라며 하루 한 팩씩 떡볶이를 먹었음에도 매일 점심, 그리고 주말이 되면 또다시 떡볶이를 먹고 있는 내가 있었다.

"나 지금 월화수목금토일 매일 떡볶이를 한 팩씩 먹고 있거든?"

"어휴, 안 물리냐. 떡볶이를 어떻게 그렇게 매일 먹지?"

"먹는 건 문제가 아닌데, 이렇게 매일 먹다간 한 10kg는 그냥 찔 거 같은데."

"관리해라. 운동해 운동. 안 먹을 생각 말고 먹고 싶은 거 다 먹고 그 이상으로 움직여."

수능이 끝나고 불어난 몸무게를 부숴놓겠다며 매일 저녁 찾아와 운동장을 25바퀴씩 뛰게 하던 녀석이었다. 10년 넘게, 습관처럼 운동을 하는 사장은 브레이크 타임이면 헬스장으로, 나는 커피 한 잔의 여유를 갖겠다며 카페로 향했다. 작은 가게지만 분주하게 움직인 탓인지 여기 와서 먹고 있는 떡볶이의 양에 비하면 생각보다 살이 붙진 않았다고 좋아했다. 평일에 사장과 단둘이 가게를 지키는 알바생에게 갑자기 일이 생겨 더 이상 나오지 못하게 된 상황, 사장은 혼자 가게 문을 열어도 주문량을 감당하지 못할 것 같다며 고민을 하고 있었다.

"사장아, 나 연차 좀 남았어. 휴가 내고 떡볶이 장수 하러 간다. 기다려라."

"야, 와준다고 하면 나는 땡큐인데. 이게 맞는 거냐?"

"어차피 연말이잖아. 걱정 마라. 어설프게 도와주다 말 거였으면 시작도 안 했어."

"이왕 돕기로 마음먹은 거 매듭까지 잘 지어야지." 하는 마음이 컸다. 떡볶이 장수를 하느냐고 서울로 오가고 있단 말에 엄마도 '그래, 손을 댔으니 마무리까지 책임져야지.'라고 하니, 정말 우리 엄마다웠다. 한 주 한 주 시간이 지날수록 분명 피로도는 높아져 갔다. 회사에 출근을 하면 점심 식사를 포기하고 1시간 잠을 청할 만큼 월요일과 화요일은 컨디션을 회복하는 데까지 시간이 꽤 걸렸다. 에너지가 조금 채워졌다 싶으면 다시 금요일이 돌아왔다.

제법 일이 손에 익어 능숙하게 떡볶이를 포장하는 내 모습에 '진짜 떡볶이 장수'가 된 것만 같았다. 그 사이에도 알바 면접은 수시로 이루어졌지만 적당한 사람이 구해지지는 못했다. '나도 요식업을 시작해 볼까!' 하는 생각이 들었다가도 별의별 유형이 등장하는 알바 면접과 별점 테러에 '직장인이 속은 편하겠네.' 싶었다. 17살 때부터 지금까지 가족이나 다름없는 사이인 사장 녀석은, 장사를 하다가도 한 번씩 손발이 맞지 않을 때, 괜한 고집을 부릴 때, 속이 터져 한 대 쥐어박고 싶을 때가 있었다. 그럴 때면 '지금은 친구 아니고, 사장님이야.'라며 마음을 가다듬었다. 우리는 서로 약속이나 한 듯 암묵적으로 존댓말을 하며 일을 했다. 가게 안에는 우리 외에도 다른 알바 친구가 있었고 배달 기사님들이 수시로 가게를 드나들었기에 마냥 편하게 대하는 모습을 보여서는 안 된다고 생각했다.

주문이 뜸하다 싶을 땐 배달 앱에 달린 리뷰에 답글을 달았고, 브레이크타임 땐 소스와 재료를 내 맘대로 섞어 월요일 아침에 챙겨갈 떡볶이를 만들었다. 고맙단 말을 따로 하지 않아도 사장은 퇴근 후 살 안 찌는 비싼 야식들을 골라 먹이며 나름의 고마움을 표현하고 있었다. 그렇게 5주가 지났다. 드디어 괜찮은 알바생이 구해졌다는 소식이 전해졌다.

"고생했다 승희야. 이젠 떡볶이 장수 말고, 그냥 떡볶이 맘껏 먹으러 와라."
"오. 슬슬 체력에 한계가 오려는 중이었는데. 살려주셔서 감사합니다."

도와주겠다는 그 말을 지키기 위해 시작한 떡볶이 장수. 시간이 이렇게 길어질 줄은 몰랐지만, 그래도 큰 탈 없이 내 친구이자 사장의 가게를 지켜내는 데 일조했다는 것으로 할 일을 다 했다고 생각한다. 태어나 처음으로 그렇게 오랫동안, 또 많은 양의 떡볶이를 먹었음에도 나는 여전히 떡볶이가 좋다. 밤낮으로 일을 한다는 게 힘들기도 했지만, 그럼에도 친구와 함께여서 즐거웠고, 간접적으로나마 요식업의 세계를 체험해 볼 수 있어서 좋았다.

나라는 사람을 구성하는 무수히 많은 것 가운데 가장 큰 비중을 차지하고 있는 책임감. 오늘도 말이 가진 무게를 느끼며, 뱉은 말을 지키기 위해 맡은 바를 다하는 사람으로 성장하는 중이다.

그래서 로망이라
부른다

채널을 돌리며 볼 만한 방송을 찾던 주말 아침이었다. 세계 곳곳의 고유한 문화를 보여주고 섬세한 설명을 곁들여 주던 여행 다큐멘터리가 재방송되고 있었다. 이번 여행지는 독일인 듯 다양한 모습의 건축물을 보여주던 방송은 '디즈니성'이라고도 불리는 '노이슈반슈타인성(Neuschwanstein)'에 대해 이야기를 풀어나가고 있었다. 자연 속에 홀로 우뚝 서 있는 성의 모습과 맞은편 다리에서 바라보는 눈 쌓인 절경이 중학생의 눈에 그렇게 아름다워 보일 수 없었다. 직접 가서 보고 싶다는 생각이 들었다. 해외여행을 가고 싶다는 생각이 아니었다. 정말 단순히 '직접 보면 어떤 느낌일까?' 하는 궁금증이 컸다. '독일은 참 멋있는 나라구나!' 하는 막연한 로망이 마음속에 생겨났다.

　이후 부산 MBC에서 하던 '좌충우돌 만국 유람기'를 통해 독일 기행기를 보게 됐고 잊고 있던 독일에 대한 로망이 떠올라 독일을 배경으로 한 다큐나 여행 프로를 찾아보며 낯선 외국 땅에 대한 호기심을 달랬다. 그러다 '맥주 축제'를 소개하는 한 프로그램을 만났다. 옥토버페스트(Octoberfest)라고 불리는 독일 뮌헨의 전통 축제라고 했다. 사람들은 피터팬 같은 모자와 앞치마를 두르고, 또 얼굴만 한 유리잔과 어깨만 한 빵을 흔들며 노래를 불렀다. 내레이션에서는 '어린아이들을 포함해 가족들이 모두 함께 와서 즐길 수 있는 곳', '술에 취해도 흐트러지는 사람이 없는 축제'라는 설명이 나오고 있었다. 그 말이 내겐 충격으로 다가왔다. '축제 맥주는 도수가 10도나 된다면서 어떻게 깔끔하게 운영이 되지?' 하며 직접 가서 놀아보고 싶다는 생각을 했다. 이번엔 단순한 호기심이 아닌 '여행을 떠나고 싶다!' 하는 바람이었다. 스무 살을 눈앞에 둔 고등학생의 마음이었다. 그렇게 또 시간이 흘렀다. 옥토버페스트는 '10월 축제'란 의미로 매년 9월 중순에서 10월 초 사이에 열리곤 했다. 그 기간은 늘 대학생들의 중간고사 기간과 맞물리는 때였다. '맥주 축제는 대학을 졸업한 후에나 갈 수 있겠구나.' 하며 마음을 접었다.

　서양철학을 가르치시던 교수님과 상의 끝에 독일 유학을 꿈꾸며 휴학을 냈던 대학교 2학년. 매일 수원에서 강남까지 한 번에 가는 빨간 버스에 올라 어학원 수업을 들었다. 저렴하다는 독일 학비에 본격적으로 유학 상담을 시작했지만, 단순히 어학증명서만 있어서는 될 게 아니었다. 유학생 명의로 된 통장에 2천 유로 이상의 현금이 들어 있어야 하는 등 유학을 가기 위해선 경제적인 요건이 뒷받침되어야 한다는 걸 뒤늦게 알게 됐다. 무슨 이유에서도 부모에게 손을 벌리고 싶진 않았다. 어학원에서 함께 공부하던 친구들은 대부분 독일 제약회사나 음대 입학을 꿈꾸며 언어 시험을 준비하고 있었다. 당장이라도 독일에 가고 싶었지만 20대 초반, 누구의 도움도 받지 않고 혼자 낯선 나라로 떠나 자리를 잡고, 학업을 진행한다는 건 생각처럼 쉬운 일이 아니었다. 발걸음이 떨어지지 않았다. 어학 실력은 부족해 보이기만 했다. 유학원 선생님들은 누구나 그렇게 시작한다고, 독일 학교에 적응하고 나면 어학 실력이 몰라보게 성장할 거라며 걱정하지 말라는 이야기를 했다. 마음이 따라오지 못했다. 이렇게 떠나서는 아무것도 하지 못한 채 실패자로 돌아올 것만 같다는 불안감이 내 발목을 잡았다. 뭐든 일단 해보기보단, 완벽한 준비와 대비가 사전에 필요했던 성격 탓이었다.

"독일어를 좀 더 유창하게 해서 떠나고 싶어요. 지금으로서는 이도저도 안될 거 같아요."

"완벽하게 하고 싶다면 지금보다 몇 배의 노력과 시간을 쏟아부어야 해. 그걸 해내기 위해서 유학을 가는 거고. 여기서도 그게 된다면 사람들이 굳이 유학을 떠날까?"

그렇게 1년이라는 시간이 더 흘렀지만 나는 여전히 같은 레벨의 어학 코스에서 망설이고만 있을 뿐이었다. 독일어를 공부하는 데 있어 멘토가 되어주셨던 교수님들 모두 '괜찮다. 겁먹지 마라.' 하며 일단 떠나라는 쪽에 힘을 더해주셨지만, 결국 나는 유학길에 오르지 못한 채 도전을 포기했다. 자퇴까지도 생각하고 있던 2년간의 휴학이 준비만 하다 끝나 버렸다. 당장 6개월 뒤면 학교로 돌아가야 했다. 기왕 이렇게 된 거 독일 땅이라도 한 번 밟고 오겠다는 오기가 생겼다. 내게 해외여행이라는 걸 알려주었던 룸메이트 그녀와 독일 여행을 떠나기로 했다.

"독일 전역을 돌자. 한복을 입고 하는 여행도 꿈꿨으니까 한복도 챙겨 넣자. 나 후회도, 아쉬움도 남김없이 다 털고 올 거야."

누구도 뭐라 하지 않았지만, 나는 겁쟁이 같은 나 자신을 나무라기 바빴다. 오로지 '독일에 갈 거야!' 하는 마음 하나로 항공사 홈페이지에 들어가 두 달 뒤 출발하는 독일행 왕복 항공권을 결제했다. 해외여행 경험도 많고, 마음도 잘 맞는 그녀가 함께여서 다행이었다. 여행에서 돌아오면 곧 얼마 지나지 않아 복학이라는 이벤트가 나를 기다리고 있었다. 한 달이 조금 안 되는 여행 기간 동안 방문할 도시와 행선지, 필요한 경비를 계산해 제법 긴 일정표를 만들었다. 드디어 꿈꾸던 로망이 이루어지는 날이라며 설렘을 안고 떠난 독일이었다. 하지만 12시간 만에 도착한 독일은 혹독한 신고식으로 우리를 맞이하고 있었다.

"공항에 연결된 트레인을 타면 기차역으로 바로 간대. 항공권이랑 묶어서 결제한 기차표로 베를린까지 3시간 정도 걸리고."

"여행책 보니까 독일은 시간이 칼 같아서 연착이란 게 없다더라?"

책에선 그랬다. 다큐멘터리에서도 그랬다. 하물며 여행 계획을 짜기 위해 많은 도움을 받았던 여행 블로그에서도 그랬다. 독일은 원리원칙을 중시하는 나라고, 매뉴얼대로 일 처리를 하는 문화라 시간이 정말 정확하다고 했다. 단 1분이라도 늦으면 기차를 놓치게 되니 시간을 잘 맞추라고 했다. 그렇지만 그건 책에 쓰인 이야기에 불과했다.

우리가 타야 할 기차는 15분이 지나도록 오지 않았다. 열차를 마냥 더기다렸다. 승강장에 진 어둠이 느껴지고 나서야 무언가 잘못되었음을 느꼈다. 기차역 안내소에 찾아가 우리의 티켓을 보여주며 물었다. 제시간에서 10분 지연, 플랫폼 변경, 그리고 또다시 지연. 좀 전에 떠난 그 기차가 우리가 타야 했던 열차란 설명이었다. 이럴 땐 어떻게 해야 하는지 막막해졌다. 다시 공항 터미널로 돌아가 항공사 데스크의 도움을 받기로 했다. 데스크 직원들은 귀찮다는 듯 실습생 명찰을 찬 남자분에게 다녀오라는 손짓을 했다. 그는 자기 일처럼 바삐 나서주었다. 지금도 잊을 수 없는 고마움이자 큰 신세를 진 은인이라 여긴다.

3시간이면 베를린에 갈 수 있는 기차를 놓치고 나니 우리에게 남은 선택지는 두 가지였다. 공항 근처 호텔에서 자고 아침에 출발할 것이냐, 1시간 반 뒤에 들어오긴 하나, 이곳 프랑크푸르트를 출발해 북부 끝인 함부르크를 거쳐, 동부 베를린으로 향하는 9시간짜리 야간열차를 탈 것이냐 하는 것이었다. 안내센터는 재차 바뀐 시간과 플랫폼 변경으로 기차를 놓치게 된 외국인 여행객에게 뭐가 됐든 표를 다시 발권해 주겠다고 했다. 어느덧 시간은 밤 10시가 넘었고, 백야로 인해 좀 전까지도 대낮처럼 환했던 독일 하늘은 단 30분 만에 새까매져 있었다. 자신의 개인 전화번호를 남겨주며 끝까지 무슨 일이 있으면 연락을 달라던 그의 도움으로 우리는 무사히 야간열차에 오를 수 있었다.

"우리 시간 없다고 북부 일정 다 빼버린 줄 어떻게 알고 함부르크에 가네? 이렇게 다 돌아서 베를린에 가다니."
"이건 내가 생각한 독일이 아닌데, 누가 시간 칼 같다고 그랬냐."

짐을 지키기 위해 자다 깨기를 반복하며 거의 뜬 눈으로 보낸 베를린행 야간열차였다. 열차는 동트는 새벽하늘을 지나 다음 날 아침 9시가 되어서야 베를린에 도착했다. 비행기로 12시간, 기차역에서 5시간, 다시 기차를 타고 9시간. 피로감에 눈이 제대로 떠지진 않았지만, 지난밤에 밀려오던 짜증이나 실망은 온데간데없었고 무사히 베를린에 도착했다는 안도감이 우리를 위로했다. 예정에 없던 험난한 여정에 서로를 바라보며 웃기만 했다. 지금 이 순간, 예약해 둔 베를린 호텔이 역에 바로 붙어 있는 곳이라 참 다행이라는 생각만 들 뿐이었다.

"살면서 그렇게 오고 싶었던 독일인데 공항에 도착하자마자 집에 가고 싶어질 줄은 몰랐네."
"이게 현실과 로망의 차이인가 보다."

하마터면 이제 순탄한 여행만이 남았다며 마음을 놓을 뻔했다.
집에 돌아오는 날까지도 꿈꿔온 로망과 현실은 다르다는 것을 제대로 가르쳐 준 나의 첫 독일이었는데 말이다.

마침내 진짜
웃음을 보이다

한복을 입고 독일 노이슈반슈타인성에 가겠다는 어릴 적 로망을 드디어 이루는 날이었다. 전날 여행 카페를 통해 만나 저녁을 먹었던 과학고 두 수석 졸업생 친구들과 함께 뮌헨역에 모인 이른 아침이었다. 기차로 2시간 거리에 위치한 퓌센역에 내리면 곧 TV에서 보던 성이 나오는 줄 알았다. 기차에 내려서 보니 저 멀리, 산꼭대기에 있는 성이 겨우 모습을 보이고 있었다. 한복을 입고 가겠다며 족두리와 덧신, 굽 높은 꽃신까지 챙겨 신은 상황이었다. 성까지 돈을 내고 마차를 탈 것이냐 튼튼한 두 다리로 걸을 것이냐 하는 선택지가 있었다. 우리 네 사람은 '피톤치드를 마시며 가자.' 하며 에너지 넘치게 발걸음을 뗐다.

마차를 끄는 말들이 잠시 멈출 때면 비탈길엔 말똥이 떨어지곤 했다. 곧 작은 포터가 나타나 똥을 치우는 듯, 뭉개는 듯하며 바삐 돌아다녔다. 진하게 풍겨 나오는 냄새에 발걸음을 멈출 새도 없이 숨을 참으며 언덕을 부지런히 올랐다. 누가 봐도 눈에 띄는, 한복 입은 여행자들에게 사람들은 같이 사진을 찍을 수 있겠냐며 조심스럽게 다가왔다. 발이 얼얼해 왔지만, 찡그린 모습을 보이는 게 싫어 정상까지 오르는 내내 미소를 놓을 수 없었다. 한복을 입은 그녀와 나는 걸어 다니는 포토존 같았다. 두 친구는 '누나들, 우리가 보디가드 해줄게.'라며 이 순간을 즐기고 있었다. 유창한 영어 회화로 사람들에게 '대한민국'이란 나라와 '한복'에 대해 설명하면서도 질서를 잡아주던 두 친구였다. 생각했던 것보다 더 힘들게 올라와서 그랬을까, 로망이 이루어진 순간이라서 그랬을까. 노이슈반슈타인성을 마주한 그 순간, 감탄과 함께 순간적으로 눈물이 흘러 나왔다. 성이 보이는 다리 위에 서서 시원한 바람을 느끼던 우리는 '앞에 팁 박스라도 하나 놔둘 걸 그랬나 봐. 사진만 2시간을 찍었네.' 하는 이야기를 나누며 뮌헨으로 돌아왔다.

늦은 점심을 먹기 위해 편한 옷으로 갈아입고 다시 만난 우리는 물놀이가 가능한 공원이라는 영국 정원에 모였다. 워터파크 수준의 물살과 깊이를 가진 서핑장처럼 보였다. 멀리서 달려와 다이빙을 했다가도 다시 제자리로 헤엄쳐 나오는 두 녀석을 신기하게 보고만 있었다.

"누나, 괜찮아. 발 닿는 곳들이 있어서 서 있을 수 있어."

"아냐, 나는 수영을 전혀 못 해. 여긴 물살이 너무 빨라서 떠내려가기 딱 좋아 보여."

괜찮을 거라 생각한 녀석이 장난을 치겠다고 나를 물속으로 밀어 넣었다. 당황한 나머지 허우적거리며 '뭐라도 잡아야 한다.' 생각했지만 잡히는 것은 아무것도 없었다. 놀란 두 친구가 뛰어 들어왔고, 물가로 나가기 위해 양옆에서 팔을 잡고 헤엄을 쳤지만, 점점 더 빨라지는 물살에 우리 셋은 함께 떠내려가고 있었다. 어릴 적 저수지에 빠져 죽을 뻔한 걸 아빠가 건져주거나, 바다에 휩쓸리는 걸 꺼내주는 등 물과 관련된 사건 사고가 있던 나였다. 이번엔 끝까지 물가로 끌어준 두 친구 덕분에 무사히 잔디 위로 올라와 숨을 고를 수 있었다. 드라마에서나 보던 것처럼 내 의지와는 상관없이, 한참 동안 코와 입에서 물이 토해 내졌다. '이렇게 죽는구나.' 하는 공포심에서 벗어났다는 생각과 동시에 벌렁거리는 심장이 진정되지 않아 소리 내 울고 싶었지만, 나만큼이나 놀라 '누나 괜찮아?'라는 말밖에 하지 못하고 있는 아이들과의 추억을 망치고 싶진 않았다.

"괜찮아. 괜찮아. 살아 있잖아. 살려줘서 고마워 얘들아. 물을 좀 더 토하고, 얼른 가서 맥주 좀 마시고 하면 진정이 될 거야. 하하. 다시 위로 올라가자. 저 누나 걱정하겠다."

보슬보슬 비가 떨어지는 야외 테이블에 둘러앉아 '나 돌잡이 때 실 잡은 여자야. 쉽게 안 죽어.' 하며 웃어 보였다. 묵직한 1L짜리 맥주잔을 부딪치며 남은 여행 동안 서로의 무탈함과 안녕을 빌어주었다. 일정을 거듭하면 거듭할수록 내가 꿈꿔온 독일 여행과 겪고 있는 현실에는 엄청난 차이가 있다는 걸 몸소 느끼는 중이었다. 이른 아침엔 치맛자락을 잡은 채로 말똥을 피해 가파른 산길을 올랐고, 점심엔 물놀이를 하다가 죽을 뻔했으니 진이 빠졌을 법도 한데, 우린 또다시 저녁에 예약해 둔 불꽃놀이 겸 뮤직 페스티벌을 보기 위해 뮌헨 올림픽 경기장으로 향해야 했다.

"빗줄기가 잦아들면 괜찮겠지? 볼 수 있겠지?"
"오우…. 그러기엔 천둥 번개가 장난이 아닌데? 비가 그치긴 하려나."

긴가민가한 상황에 '직접 가서 현장의 분위기를 살펴보면 어떨까?' 하는 제안을 했다. 그녀는 언제나처럼 반대 없이 길을 따라나서 주었다. 그리고 이날, 우리는 살면서 가장 많은 비와 바람을 맞지 않았을까? 경기장에 가보니 둥둥거리는 큰 음악 소리가 경기장 일대를 가득 채우고 있었다. 공연장 스태프에게 다가가 불꽃놀이가 가능한지를 물으니, 하늘을 가리키며 '아무래도 어려울 거 같지?'라며 고개를 저었다. 점점 강해지는 빗줄기에도 사람들은 우산 하나 없이 모자를 뒤집어쓰고는 야외 행사장을 돌아다녔다. 그 순간 하늘이 무너질 듯 쾅 내려치는 소리와 함께 번쩍이는 벼락 줄기가 머리 위에서 갈라졌다. 바닥까지 울리는 떨림에 사방에선 비명이 터져 나왔다. 우산을 들고 서 있지 못할 만큼 굵고 많은 양의 비가 순식간에 쏟아지는데 살이 아파질 정도였다. 5분도 채 안 돼 발목까지 차오른 빗물에 바닥이 출렁거리기 시작했다.

"나 물에 빠져 죽을 뻔한 지 지금 3시간도 안 됐는데 또 쫄딱 젖었네?"

8월의 여름날인데도 비바람을 맞다 보니 입술은 파래졌고 몸은 덜덜 떨려오기 시작했다. 그 와중에도 좌판에서 풍기는 버터 냄새에 홀려 부리또와 구운 옥수수를 사 품에 안았다. 호텔로 돌아가는 버스에 오르니 이곳이 워터파크인지 버스인지 구분이 되지 않을 만큼 모두가 흠뻑 젖은 모습이었다. 그런 서로를 보며 웃음이 터져 버스 안은 웃음소리로 가득했다. 뜨거운 물로 몸을 녹이고 나와서야 한시름 돌린다며 옥수수를 베어 물 때였다. 쾅! 하는 소리가 창밖으로 울려 퍼짐과 동시에 펑! 하는 소리, 그리고 밝아진 하늘이 보였다. 침대에 걸쳐 앉은 채 창밖으로 고개만 살짝 돌렸을 뿐인데 화려한 불꽃이 눈앞에서 터지는 것처럼 큼지막하게 보였다. '예쁘다!' 감탄을 하면서도 어이없는 이 상황에 자꾸만 실실 헛웃음이 튀어나왔다. 독일로 출발할 당시, 생일을 맞이했던 그녀에게 이제야 준비한 생일 선물을 선보인다며 불꽃놀이를 가리켰다.

"뮌헨 하늘을 통째로 빌려놨다고 두 달 전부터 큰소리를 쳤는데 비만

잔뜩 맞춰 오나 싶더니만. 어쨌든 이렇게 축하 쇼를 보여주긴 하네. 내
친구 생일 축하해!"

"역시 어느 하나 평범한 게 없네. 특히 오늘 하루는 더."

그녀의 말처럼 이 모든 일이 하루에 다 벌어진 일이라는 게 실감이 나
지 않았다. 그래도 이렇게 무사히, 폭신한 침대에 앉아 옥수수알을 씹고
있다는 사실이 감사하게만 느껴질 뿐이었다. 그 경사를 버텨낸 발목과
굽이 나가지 않은 꽃신에 감사하고, 급류에 떠내려가는 날 끝까지 구해
준 두 친구에게 감사하고, 이 물 폭탄 속에서도 짜증 한 번 없이 함께 해
준 그녀에게 감사하며, 끝으로 살아 있음에 감사하던 날.

막연히 꿈꾸던 로망은 어느 순간 잊히고 마는 일이었지만,
마침내 이뤄낸 로망은 도무지 잊을 수 없는 일이 반복되던,
그런 이상한 날로 여전히 강하고 생생하게 기억되고 있다.

오지랖은
현대사회 필수품

'삐익' 하는 하차 벨이 울리고 바로 뒷좌석에 앉아 있던 한 친구가 일어나 뒷문으로 향했다. 비교적 사람이 많지 않던 이른 아침 마을버스 안이었다. 대학생 정도 되어 보이는 수수한 차림이 학교에 가는 길인가 보다 싶은 인상이었다. 버스가 슬슬 속도를 줄여나가니 발뒤꿈치에는 뭔가가 또르르 굴러와 툭, 부딪혀 쓰러지는 느낌이 났다. '뭐가 굴러온 거야?' 하며 안고 있던 몸집만 한 운동 가방을 옆자리에 두고는 의자 아래로 몸을 구겼다. 발 주변을 더듬거리며 버스 바닥을 훑으니 짤랑거리는 무언가가 손에 잡혀 들어왔다. 하얀 곰돌이가 달린 이어폰 케이스를 확인함과 동시에 '이거 저 학생 거 같은데?' 하는 생각이 들어 뒷문을 쳐다봤다. 세상의 소리를 단절시키고 나만의 고요한 공간을 만들어 주는 무선 이어폰의 뛰어난 성능 앞에 '저기요!'를 외치는 내 목소리가 들릴 리 없었다. 순식간에 정차와 하차까지 마무리된 상황이었다. 창문 너머로는 갈아탈 새로운 버스를 기다리는 듯 정류장에 멈춰 선 그의 머리가 얼핏얼핏 보여 왔다.

'이거 주인 없으시죠?' 하며 남은 승객들에게 곰돌이를 흔들어 보이며 물었다. 대여섯 명의 승객 중 누구 하나 답을 해주는 이가 없었다. 저 친구 게 확실하다는 생각이 들었다. 버스정류장에서 가장 가까운 창가 자리에 앉은 승객에게 양해를 구하고는 창문 밖으로 손을 흔들며 외쳤다. 제발 내 목소리 좀 들어줬으면 하는 바람이었다. 다행히 신호에 걸린 버스는 정류장에서 몇 미터 가지 못한 채로 서 있던 상태였다.

"저기요! 곰돌이! 이거 케이스! 아니 좀 보라고, 여기!"

라디오 하나 흘러나오지 않던 고요한 버스 안을 뒤흔드는 외침. 신호등이 그 어느 때보다 천천히 바뀌기를 바라며 나는 계속해서 창밖으로 손을 흔들어 보였다. 끝내 소리를 듣지 못하는 것 같던 하얀 곰돌이의 주인은 누군가 자신을 쳐다보고 있다는 이상함을 감지했는지 갑자기 고개를 획 들어 두리번거리다가 나와 눈이 딱 마주치게 됐다. '됐어. 지금이야!'하는 생각이 들었다.

'저 여자가 왜 저러는 거지?' 하며 경계하던 눈빛은 손에 들린 곰돌이를 발견함과 동시에 어쩔 줄 모르는 모습으로 녹아내렸다. 그는 곧장 신호 대기 중인 버스로 황급히 달려왔고 나는 버스가 이대로 출발해 버릴까 봐 마음이 조마조마 해지기 시작했다. 출근길 도로 위에서 기사님께 움직이지 말아 달라고 할 수도 없는 노릇이었다. '이게 뭐라고 아침부터 버스에서 이렇게 난리를 떨어야 하나?' 싶으면서도 '그렇다고 길바닥에 던질 수도 없고.' 하는 난감함과 조급함이 밀려왔다. 다행히 평소보다 오랜 시간 버스를 붙잡아 준 듯한 신호등 덕분에 창문 밖으로 손을 쭉 뻗어 곰돌이를 전할 수 있었다. 그러고는 곧바로 출발하던 버스에 단 1초일지라도 시간이 주는 간절함이 얼마나 큰 것인지를 깨닫게 되는 아침이었다. 아직 30분은 더 가야 하는 출근길, 여유롭던 버스와는 달리 1호선 전철 안은 사람으로 가득 차 있었다. 매일같이 뭘 하는지, 무엇을 먹는지, 어디를 가는지, 누구를 만나는지. 시시콜콜한 모든 이야기를 나누는 친구들과의 대화방에서 조금 전의 상황을 나누기 시작했다.

"오지라퍼 등장! 이어폰 케이스 주인 찾아주기 건 완료."

"그걸 어떻게 찾아줘?"

"버스 바닥에 떨어진 케이스가 굴러와서 주인 있냐고 묻는데 아무도 대답을 안 해주더라고. 막 내린 사람인 거 같아서 창밖으로 외치니까 주인이 달려왔어."

"그것보다 버스에서 어떻게 큰소리를 낼 수가 있냐? 나는 그게 더 신기해. 어휴, 생각만 해도 심장 떨려."

'남의 일에 끼어들지 말자.', '신경 쓰지 말자.', '알아서 하겠지, 내버려 두자.' 그렇게 오지랖 부리지 말고 내 갈 길을 가자고 생각하지만, 세상일 왜 그렇게 눈에 들어오는지. 외면하고자 하기도 전에 늘 몸이 먼저 반응하는 듯했다.

그날도 버스에서 겨우 깨 아직 비몽사몽인 채로 걸음을 걷던 출근길 아침이었다. 사무실로 향하는 중에 횡단보도 위로 쓰러져 있는 수레 하나가 눈에 들어왔다. 흩어진 종이박스와 식당용 플라스틱 용기, 식용유 깡통이 여기저기 널브러져 길을 막고 있었다. 할머니는 허둥지둥, 종이를 한쪽으로 옮기며 차가 지나갈 수 있도록 길을 트고 있었다. 한눈에 봐도 뭘 어찌해야 하는지 당황하신 게 보였다. 어깨에 메고 있던 에코백을 가로수 밑에 내려놓고는 덩치가 큰 플라스틱 통과 깡통을 들어 인도 위로 나르기 시작했다.

"아니야, 아니야. 기름 묻어. 아가씨, 만지지 마. 옷 버려, 아이고."
"괜찮아요. 씻으면 돼요."

'다들 뭐가 그리 바쁜지 그냥 지나가네?'라는 생각을 한 지 얼마 지나지 않아 곧 여기저기서 사람들이 힘을 보태 수레를 세우고 종이박스를 다시 쌓아나가기 시작했다. 그렇게 새로 정리되는 할머니의 손수레를 보며 마음이 편안해져 왔다. 내가 내 오지랖으로 인해 발걸음을 멈춘다고 해서 지나가는 사람 누구든 똑같이 걸음을 멈출 필요는 없는데 말이다. 그럼에도 다들 자기 일처럼 나서주는 모습에 기분이 좋았다. 정리가 어느 정도 되고 나니, 할머니는 다들 너무 고맙다며 얼른 출근들 하라고, 연신 시간 뺏어서 미안하다는 말을 하셨다.

바닥에 내려놓은 에코백을 다시 둘러메려 하니 깡통에서 흐른 식용유가 손에서 미끈거리고 있어 주춤하는 찰나, 애매한 내 상황을 인지했는지 옆에 있던 아주머니는 다가와 가방끈을 팔에 넣어주며 웃으셨다.

"나 종이만 만져서. 그래도 손 깨끗해요."
"아휴, 감사합니다."

이젠 정의나 호의가 넘치는 세상을 꿈꾸기엔 호락호락하지 않다는 걸 알아버린 나이지만, 그럼에도 이렇게 나서주는 사람들을 볼 때면 '나, 아직은 오지랖 더 부리고 살래!' 하는 희망을 품게 된다.

"오지라퍼, 오늘도 쓰러진 종이 수레 복구 건 처리 완료. 상황종료 후 무사히 출근도 완료."

"얘는 뭐가 그렇게 맨날 생겨."

"쟤는 여기저기 다 관찰하고 다니거든. 자자, 이제 오지랖 멈추고 본인 일이나 하시죠. 오늘도 돈 많이 벌어오세요들."

그렇게 각자의 자리에서 하루를 시작하는 우리. 출근해서 있는 10시간도 채 안 되는 그 순간에도 시시각각 다양한 주제의 사람 사는 이야기가 대화방에 흘러넘친다. '내 일이나 잘하자.' 하면서도 자꾸만 튀어나오는 오지랖이지만, 그 덕에 사람 냄새 나는 세상에 살고 있는 게 아니겠냐며 오늘도 동네 지킴이를 자처해 본다. 그리고 조심스럽게 다가가 처음 보는 이들에게 말을 걸어 본다.

"단체로 회식 오신 거예요? 카메라 주시면 제가 찍어드릴게요. 셀카보다 모두 다 같이 나오는 게 예쁘고 좋잖아요. 자 여기 보시고요. 찍습니다. 하나, 둘, 셋!"

누구든 최고라
일컫는 말

365일 다이어트를 입에 달고 살던 내게 집 앞 헬스장에서 '스피닝'이라는 그룹 운동 강습을 시작하게 된 절친한 그녀의 등장은 설렘 그 자체였다.

"음악에 맞춰서 자전거 타는 거면 나 초고속으로 달릴 수 있어."

"조심해야 해. 자전거랑은 다르게 점점 가속이 붙거든."

"할 수 있어! 할 수 있지! 선생님이 내 친구면 얼마나 더 신나게요."

나의 과한 열정은 그렇게 또 불이 붙었다. 그녀의 첫 수업 일정에 맞춰 헬스장 등록을 마쳤다. 스피닝에 대한 어떠한 지식도 없었지만 화려한 조명 아래 있는 그녀의 모습이 평소와는 사뭇 달라 멋있어 보이면서도 그런 진지함이 어딘가 낯간지러워 마냥 즐겁기만 했다. 그녀는 오버페이스를 하지 말라고 경고했다. 힘들면 꼭 잠시 쉬었다가 호흡을 고르고 다시 시작해도 된다며 재차 신신당부를 했다. 재생속도를 빠르게 바꾼 신나는 댄스곡들이 스피커를 통해 둥둥 뿜어져 나왔다. 솔직히 춤추듯 운동을 하면 힘든 줄도 모르고 할 수 있을 거라 생각했다. 하지만 노래 두 곡 만에 땀범벅이 된 나는, 턱 끝까지 차오른 숨을 겨우 내쉬고 있을 뿐이었다. 슬슬 따라오지 못하고 가만히 앉아 팔랑팔랑 손만 흔드는 나를 보며 그녀는 첫날부터 무리하지 말라고 일렀다.

"너무 힘든데, 다리도 터질 거 같고 숨도 차서 심장이 아픈 느낌인데, 노래만 들었다 하면 너무 신나서 막 달리고 싶어."

스피닝이란 걸 처음 경험해 본 나는 연이어 있는 그녀의 다음 수업에도 따라 들어가 크게 응원을 외치고 싶었지만, 떨려오는 다리에 '오늘은 그만'이라며 발걸음을 돌렸다. 다음날, 오늘은 다른 선생님의 수업 후 그녀의 수업이 예정되어 있었다. 호기심에 들어간 수업은 스파르타가 따로 없었다. 강사님은 바이크 사이를 돌아다니며 응원을 하는 스타일이었다. 신이 나긴 했지만 쉴 틈은 없었다. 체력이 바닥을 보였지만 친구를 기다리고 있을 그녀를 실망시키긴 싫었다. 함성이라도 질러볼 요량으로 그녀의 스피닝 수업에 들어갔다. 분명 다리는 덜덜 떨리고 있었지만, 노래가 시작됐다 하면 언제 그랬냐는 듯 힘차게 페달을 밟고 있는 두 다리였다.

"조심해. 무슨 처음 하는 애가 바이크를 2시간이나 타. 너 그러다 콜라 오줌 보는 거야. 무리하지 마."
"콜라 오줌이 뭐야?"
"고강도 운동을 하다가 몸에 무리가 가면 신장이나 간이 망가져서 오줌 색깔이 콜라나 간장처럼 어둡게 변하는 거야. 그럼 얼른 응급실에 가야 해. 큰일 나."

오줌이 어떻게 콜라색이 되냐며 웃었다. 그게 내 얘기가 될 줄은 몰랐다. 그녀와 스피닝 수업을 즐기기 시작한 지 3일째가 되던 날이었다. 저린 느낌은 아닌데 찌릿해 오는 묘한 허벅지 통증에도 단순한 근육통이겠거니 생각했다. '운동해서 생긴 근육통은 운동으로 풀어야지!' 하며 저녁 수업에 들어갔다. 이유는 모르겠지만 다리에 힘이 점점 빠져가는 느낌이 들었다. 그럼에도 운동은 어차피 정신력 싸움이라고 생각했다. 콕콕 쑤시는 다리가 이상하다 느끼면서도 나는 또다시 헬스장을 찾아 그룹 운동 시간을 기다리고 있었다. 4일째였다. 수업에 들어가기 전에 화장실을 한 번 다녀와야겠다 싶은 순간 나는 단번에 '이게 그 콜라구나!' 하는 상황과 마주하게 되었다. 보통의 소변 색이라고 하기엔 너무나도 어둡고 탁한 색이 보였다.

오늘도 운동을 했다간 정말 큰일이 날 것이란 확신이 강하게 들었다.

"나 오줌 색이 어딘가 이상해. 내일까지 좀 지켜봐야겠어."

그렇게 집으로 돌아왔다. 밤사이 허벅지는 점점 더 따끔거려 왔는데 마치 사방에서 얇은 바늘로 매우 빠르게 찌르는 듯한 통증이 몰려왔다. 곧 다리에 힘을 줘도 내 다리가 아닌 것처럼 움직여지지가 않음을 확인했다. 심해지는 통증에 새벽 내내 잠을 이룰 수가 없었다. '큰 병원에 가야겠구나.', '입원해야겠네.' 하는 생각이 들어 아침 6시가 조금 안 된 시간, 짐 보따리를 챙겨든 채 택시를 타고 대학병원 응급실로 향했다. 접수처 선생님은 소변 색이 갈색이라는 내 말에 당장 검사부터 진행하자며 빠르게 안내를 해주셨다. 곧 등장한 선생님은 소변검사만으로도 이미 심각한 상황이기에 바로 입원 치료를 시작해야겠다며 나를 중증 응급구역으로 보내셨다. 어리둥절했다. 다리가 잘 안 움직이는 거만 빼면 괜찮다고 생각했다.

"지금 장기가 망가진 심각한 상태예요. 간 이식이나 신장 투석을 해야 하는 병이고요. 급성인 경우엔 이대로 사망할 수도 있어요. 현재 근육이 녹아서 유리 파편처럼 깨진 조각들이 몸 안 곳곳에 박혔고 여기저기 흘러 다니면서 몸을 망가트리는 중이에요. 정상 수치가 100 정도인데 환자분은 지금 100배나 높은 10,000의 상태라 심각한 거예요."

빈 입원실이 나오길 기다리는 6시간 동안, 맞은편 침대 5개가 수도 없이 바뀌고 사라지길 반복했다. '또 누가 아프신가 보네.' 하면 곧 마음의 준비를 하라는 말이 들려왔고, 새로운 침대가 들어오면 또 얼마 지나지 않아 시한부 선고가 내려지거나 장례 절차를 알아보시라는 말이 들려왔다. 그제야 죽음에 이를 수도 있다는 선생님의 말씀과 이곳에 있는 나의 상태가 심각하고 무섭게 다가왔다. 입원실에서는 움직일 수 없으니 소변 줄을 달았고 하루 10L의 수액을 맞으며 몸속의 오염을 오줌으로 배출시키기 바빴다. 비정상적인 간 수치를 회복하기 위해 처방된 약을 먹으면서도 '운동하다 말고 이게 참 무슨 짓인가?' 싶었다. 신장과 간 수치 확인을 위해 아침저녁으로 피를 뽑아야 했고, 바늘에 찔린 팔과 손등, 허벅지 안쪽 사타구니는 파랗고 노란 멍으로 물들어갔다. 그렇게 열흘이 지났다. 수치가 500까지 내려와 퇴원을 했음에도 다리는 여전히 말을 듣지 않았다. 6개월이 넘도록 버스에 있는 계단 두 칸을 오르는 일이 맘처럼 쉽지 않았다. 무릎에 생긴 염증이 원인이라고 했다. 다시 정상적으로 걸음을 걷는 데까지 1년이 더 걸렸다.

"1년에 40명이 이 병으로 저희 병원에 입원을 하는데요, 횡문근 융해증은 아직 그 원인이 밝혀지지 않아 연구 중입니다."

운동 강도가 강한 보디빌딩 선수들이나 걸린다는 병. 간은 한 번 망가지면 전처럼 다시 제 기능을 회복하기 어렵다고 했다. 재활치료 후 3년이 지나도록 신장은 회복이 더뎠다. 극심한 피로감이나 숙취 등의 변화를 느끼면서도 그런 내 건강 상태에 적응하지 못해 힘들어하는 일이 잦았다. 망가진 간이라도 앞으로 살아갈 날을 위해 지켜야 한다는 위험 신호를 몸은 끊임없이 보내고 있었다. 언제든지 갈아 끼울 수 있는 소모품이 아니기에. 건강이란 건, 정말 오랜 시간 꾸준히 관리해야 하는 것임을 깨닫게 된 시간이었다.

"처음 이야기 들었을 땐, 어떻게 오줌이 콜라색이냐고 웃었거든? 근데 응급실에서 보니까 정말 콜라 한 잔 따라놓은 거더라고!"
"왜 궁금한 건 직접 다 해보려는 거야? 그런 건 안 해봐도 된다고."

다행히 회복한 건강에 감사하며 살아가는 하루다. 왜 돈 주고도 살 수 없는 것이 건강이라고 하는지 그 소중함을 이제는 안다. 더 이상 마른 몸을 얻기 위해 굶고 무리하며 운동을 하지 않는다.

죽음의 문턱에서 깨우친 건강의 중요성.
이젠 조금 느릴지라도 건강한 나를 위해,
마음의 속도와 몸의 속도를 맞춰 나가는 중이다.

외로움을 글로 쓰면
얻게 되는 것

한창 일본 하이틴 드라마의 인기가 절정을 이루던 때가 있었다. 야마삐(야마시타 토모히사)를 외치던 친구 덕에 다양한 일본 방송을 접했던 나는 당시 '아름다운 그대에게'나 '오란고교 호스트부'와 같은 청춘물에 빠져 울고 웃곤 했다. 일본 드라마는 대놓고 티를 내는 컴퓨터 그래픽이라든가, 배우들의 과장된 행동이 유치하면서도 보는 사람을 즐겁게 하는 묘한 매력이 있었다. '아름다운 그대에게' 속 나카츠 역을 맡은 배우 '이쿠타 토마' 역시, 장난기 넘치고 오버스러운 행동의 연기가 주를 이뤘지만 그 모습에 반해 흔히 말하는 '짤'을 만들고 공유하며 시간을 보냈다.

2000년대 후반은 주로 싸이월드를 이용하는 분위기였다. 사진을 한 장씩밖에 올릴 수 없는 미니홈피가 작고 답답하게 느껴졌지만, 그렇다고 페이스북이나 트위터를 시작하자니 뭔지도 모르면서 유행에 휩쓸린 사람이 되는 거 같아 괜히 싫은 마음이 들었다. 제한 없이 이미지를 올리고 글을 쓸 수 있다는 점에서 네이버 블로그는 내게 가장 잘 맞는 플랫폼이었다. 완성된 결과물을 가지고 블로그에 글을 쓸 때면 하루 종일 따라다니던 시끄러운 생각이 모습을 감췄다. 화면 속 나카츠의 모습은 산뜻한 봄 햇살이자 하늘거리는 노란 나비와도 같았다. 내 로고가 찍힌 작업물이 온라인상에 돌아다니는 건 꽤 흥미로운 일이었다. 그렇게 12부작의 일본 드라마는 지난 10년간 국내 가수의 팬클럽 활동을 하면서도 사용해본 적 없는 블로그의 세계로 나를 이끌었다. 영어 닉네임보다 한글 닉네임이 선호되던 흐름에 따라 기억하기 쉬운 이름을 갖고 싶다 생각했지만 마땅한 단어가 떠오르지는 않았다. '그냥 쓸까, 바꿀까?' 하는 생각이 며칠간 이어지다가 흐지부지될 때쯤이었다.

"노 씨니까 그냥 '미쓰노' 하지 뭐. '미쓰노' 뭔가 기억하기 쉬운데?"

그렇게 나는 '미쓰노', '미즈노', '쓰노', '미쓰노승희'로 불리며 또 다른 이름을 통해 나를 표현하게 됐다. 이듬해 방영된 드라마 '직장의 신'은 '완벽한 커리어 우먼 미스 김'이란 인물이 있었다. 한동안 "미스 김'처럼 되고 싶어서 '미쓰노'라고 지었어?' 하는 물음이 따라다녔다. 시간이 지나고, 일본 드라마에 대한 관심이 시들해지자 좋아하는 또 다른 것들이 그 자리를 채워주기 시작했다. 티타임이나 책을 읽는 것, 다이어트에 열을 내는 모습까지 사는 이야기가 차곡차곡 쌓여갔다. 블로그를 한다는 건 방대한 사진과 함께 그때의 기분을 쉽게 정리해 둘 수 있다는 장점이 있었다. 손으로 직접 써내려가던 다이어리와 사이가 소원해졌다. 해를 거듭할수록 글을 쓰는 일은 점점 더 소중한 일과로 자리를 잡았다. 내가 살아가는 시간이자 나를 기록하는 일, 그 자체였다. '손재주가 참 좋다'는 말을 듣던 때부터 막연하게만 그려보던 꿈이 하나 있었다.

"나중에 작은 공방 하나 차려야지. 안이 다 들여다보이는 통유리로! 내 작업실에서 뭐라도 만드는 사람이 되고 싶어."

'미쓰노의 공방'은 그날을 생각하며 품고 있던 이름이자 실제로 내가 등록했던 사업자명이기도 했다. 좋아하는 일본 배우의 사진을 정리하고 내 사진을 걸었다. 일기장처럼 내 일상, 내가 사는 이야기를 자유롭게 담고자 블로그를 손보기 시작했다. 이곳 역시 미쓰노의 공방이라며 이름을 붙여주었다. 그렇게 천 명, 이천 명, 삼천 명. 점점 늘어가는 이웃 수에 손바닥만 하던 작은 일기장은 어느새 커다란 도화지가 되어 있었다. 물론 몸집이 커진 만큼 괜한 시비를 걸어오는 사람도 많았다. '내가 사장도 아닌데 나한테 짜증을 낸다고?'라거나 '근데 그걸 왜 내 블로그에다 욕을 하는 건데?'라며 혼란스러움을 느끼기도 했다. 블로그는 누구나 검색을 통해 들어와 볼 수 있는 오픈된 공간이었다. 모두가 나와 같은 생각을 할 거라곤 생각하지 않았지만 때때로 그들은 자신과 경험이 다른 내게 화풀이를 하는 듯했다. 읽기 힘든 말, 불편한 소리를 아무렇지 않게 내뱉는 모습이었다. 처음엔 하나하나 답글을 달거나 왜 욕을 하냐며 따져 물었다. 부끄러움을 느낀 건지 단순히 불쾌감 때문인 건지, 그들은 자신이 쓴 댓글을 삭제해 버리고 사라지면 그만이었다.

"그런 놈들까지 상종해 줄 필요가 없어. 시간 아까우니까 그냥 삭제해 버려."

"나 요즘 블로그에 존댓말로 글 쓴다니까? 내 일기장인데 설명해 주는 일기장이 됐어. 뭔가 어색하고 이상해."

"존대든 반말이든 하고 싶은 대로 해."

일기처럼 단순히 기록을 남기는 것과 정보를 전달하는 것 사이에서 '나는 이제 어떻게 해야 하지?'로 시작한 고민이었지만, 곧 '나와 다르게 느꼈다면 그건 당신이 당신 블로그에 직접 쓰세요.' 하는 결론에 이르렀다. 링크 하나면 가족들도, 친구들도 모두가 들어와 근황을 확인하거나 같이 한 그날을 회상하며 웃고 떠들 수 있었다. 절친한 사이임에도 참 오랜만에 얼굴을 마주한 그녀와 안부를 나누던 날이었다.

"승희는 외로움을 많이 타잖아."

"나? 외로움 안 타는데. 기억이 잘못된 거 아냐? 사람 만나는 걸 좋아해서 심심함은 느끼는데 외로움은 안 타."

아니라는 답을 하고 돌아왔지만, 곧 '심심한 게 외롭단 거 아냐?' 하는 물음을 나 자신에게 던지고 있었다. '공허한 그 느낌이 싫어서 만나고 어울리려는 거겠지?'라고 말이다. 살면서 단 한 번도 외로움을 탄다고 생각해 본적이 없었으나, 내게 던져진 질문에 쉽사리 '나는 외로움을 타지 않아.'라고 확신하기가 어려워졌다. 늘 주변에 어울리는 사람이 많았고, 사랑방이자 아지트가 되어준 우리 집이 있었고, 처음 본 사람과도 어울릴 수 있는 성격과 전화 한 통이면 나와 주는 든든한 친구들이 곁에 있었다. 서른을 기점으로 가까운 지인들조차 1년에 한 번 겨우 얼굴을 볼 정도로 시간 맞추는 게 어려워지자, 덩그러니 놓여 있는 외로움이 보이기 시작했다.

모자 하나 뒤집어쓴 수수한 차림에도 편하게 만나 시간을 보내고 싶었지만 만날 수 있는 사람이 없었다. 바쁜 일상에 체력적으로 '힘들다.' 하면서도 심리적으로는 '심심해.'라는 생각이 머릿속의 반을 넘게 차지하고 있었다. 외로움인지 지루함인지 모를 감정이라고 생각했다.

그럴 때면 블로그를 켰다. 하고 싶은 이야기, 떠들고 싶은 말을 글로 적었다. 뭐가 됐든 첫 글자를 쓰고 나면 더 이상 '외로움'이 아닌 '글의 완성'과 힘겨루기를 하면 될 뿐이었다. 그렇게 네이버 블로그 '미쓰노의 공방'은 한 해 동안 300건이 넘는 글이 쌓이고, 100만 명의 사람이 찾으며, 1천 명의 새 이웃을 맞이하고 있다. 우리는 궁금하거나 불안한 마음이 앞설 때 검색창을 켠다. 누군가가 남긴 별점이나 후기를 읽는 것. 그것만으로도 '여기 괜찮대.', '이대로 하면 된대.', '이렇게 생겼대.', '이걸 조심하래.' 하며 마음을 내려놓는다. 누구라도 볼 수 있는 일기를 쓴다는 건 누구에게라도 도움을 줄 수 있다는 이야기가 된다.

"승희는 블로그만 봐도 뭐 하고 사는지 다 알겠네."

그렇게 내가 기록한 그날의 기분이, 감정이, 하루가 누군가에게 닿아 안정을 줄 수 있는 글이 되기를 바란다.

이제는 받아들이거나 익숙해지는 법을 배운 감정, 외로움.
내 마음을 읽고, 더욱더 잘 어울려 놀 수 있는 방법을 찾기 위해
오늘도 보고 느낀 모든 것을 블로그에 담아본다.

일상기록_
돌발 퀘스트

"놀라긴 했지만, 사정이 있겠지!"라고 해본 게 있나요?

순간적으로 느낀 짜증이 곧 이해로 바뀐 찰나를 통해 마음이 균
형을 이루는 과정을 묘사해 보세요. 단어나 문장, 그림, 그 어떤
것도 좋습니다. 중요한 건, 예상치 못한 상황일지라도 이를 지
혜롭게 풀어나가고자 하는 의지이기에 포용력을 지닌 내가 될
수 있도록 응원을 적어보는 거예요.

Q.
당시의 감정과
기분을 모두
체크해보세요

행복한 상쾌한 용기나는 친근한 기대되는 고마운 다정한 흥미로운 감동적인 든든한 반가운 통쾌한 여유로운 따뜻한 생기있는 안심되는 뿌듯한 신기한 화나는 난처한 두려운 외로운 놀라운 답답한 불쾌한 후회하는 불안한 실망한 허탈한 초조한 아쉬운 창피한 슬픈 억울한 무기력한 불편한 서운한

Q.
비슷한 상황에
놓였을 때
해주고 싶은 말

Q.
일상에 제목을
지어준다면?

이렇게 하면
좋아요

부정적인 감정이 먼저 튀어나오려고 할 땐 잠시 눈을 감고 딱 10초만 심호흡을 해보세요. '그럴 수 있어. 이유가 있겠지.' 하며 내 마음을 안정시키면 보다 넓은 눈으로 세상을 볼 수 있어요.

일상 퀘스트를 진행 중입니다

내가 나에게
'잘하고 있다' 응원을
달아주는 일

일상기록이 별거인가. 요즘은 한 줄 일기, 세 줄 일기, 감사 일기, 나아가 글 하나 없이 체크 표시만으로도 감정과 생각을 표현할 수 있는 다양한 일기 콘텐츠가 나오고 있다. 더 이상 다이어리 한 칸을 다 채워야 한다거나 노트 한바닥을 완성해야만 하는 부담스러운 일이 아니다. 나만 볼 수 있는 일기 혹은 누군가 읽어줬으면 하는 일기 등 그게 어떤 식이든 간에 모든 기록은 나란 사람을 견고하게 만들어 주는 힘이 된다.

학창 시절엔 어휘력이나 문해력이 높아진다는 이유로, 하루를 되돌아봄으로써 기억력에 자극을 준다는 이유로, 또 기분과 상황을 표현해봄으로써 사회성 발달에 도움을 준다는 이유로 일기를 쓰게 했다. 학습적인 가르침 속에서 일기는 단지 숙제로만 느껴졌다. 여전히 부담을 느끼는 일이었지만 예쁜 다이어리가 갖고 싶어 한 줄씩 써내려가던 오늘 하루는 이제는 '나의 마음이 어땠는지.', '그럴 땐 무엇을 했는지.'를 돌아보게 하는 지표가 됐다.

마음대로 써내려가던 블로그 일기장은 보는 사람들이 늘어나기 시작하면서 변화를 갖게 됐다. 내 기분만을 토로하지 않는다는 것, 제3자의 입장에서 이 글을 보았을 때 누군가에게 상처가 되지 않도록 주의를 기울인다는 것, 글을 읽은 사람의 마음에 짜증이나 비난 등의 부정적인 감정만 남지 않도록 호흡을 한 번 가다듬고 글을 쓰게 됐다는 점이다. 화가나는 상황에서는 그 즉시 분노를 표현하지 말고 심호흡을 10초간, 그리고 다시 생각을 정리하는 시간을 충분히 가진 후 대화를 시작해 보라 권한다. 그런 감정 훈련처럼 이런 글쓰기 방식은 직설적인 표현방식으로 상처를 주던 내게 '이렇게 보니 잘못했네. 다음부터는 그러지 말아야지.'라고 느끼게 하는 완충재 역할을 했다.

'자잘한 에피소드만 모아도 책 한 권은 나오겠네.' 하던 말은 이제 현실이 되었다. 출판 계약 후 본격적으로 책 쓰기를 시작하면서부터는 밤을 지새우고 출근하는 일이 잦았다. 원고를 마무리하던 시점에 만나 '하고 싶은 거 다 하게 해줄게.'라며 마음을 고백했던 사람이 있다. 피로감에 짓눌려 '과연 잘하고 있는 걸까?' 하는 의심이 마음에 피어오를 때면 그는 슬쩍 나타나 '잘하고 있네. 다 부숴버려. 내가 도와줄게.'라는 말을 전했다. 그러다가도 늦은 새벽 바스락 소리에 '힘들면 열심히 하지 말아버려. 괜찮아.' 하니 청개구리처럼 되레 하고 싶은 마음이 생겨났다. 그동안의 일기가 한 권의 책으로 탄생할 수 있도록 가장 가까운 곳에서 아낌없는 지지를 해준 나의 든든한 투자자이자 보호자, 또 화를 내지 않아도, 이성적으로 따지지 않고도 세상을 둥글게 살아갈 수 있음을 알려준 에세이 속 나의 모든 사람에게 다시 한번 감사를 전한다.

일상을 특별하고 의미 있게 만드는 힘은 바로 나 자신에게 있다. 무겁게 느껴지는 하루에도 부담을 덜어주거나 바라는 그 마음을 제목에 달아 보면 그만이다. 중요한 건 행복한 하루를 기록하는 것이 아니라 기록한 하루에 행복을 부여한다는 데 있다. 얼굴 모를 누군가의 이야기라 생각하며 일기 속 나에게 위로와 응원을 건네 보자. 자기 자신을 이해하고 사랑할 수 있게 하는 가장 쉬운 방법, 당신의 일상기록이 그렇게 계속될 수 있기를 응원한다.